有關我在裝作正常人方面的嘗試

★

經典

彭浩翔

自序

這書的出現，是我萬萬沒想到的一件事情。

二零一四年年初，在台北跟凱特文化出版社編輯秉哲碰面，他說希望跟我合作出版一本我的文字選集，問能否把一些過去的作品寄給他，於是在回香港後，便請公司助理把找到的一些著作和電子檔案，都寄給他。

過了差不多半年，秉哲終於向我提了兩個出版企劃，正是這書和電影小說《志明與春嬌》。

這書的編輯種類複雜，短篇小說、散文、雜文和信函等都包含其中。而讓我驚訝的是，書中文字的創作年份甚廣，從我十七歲開始在報章上的投稿，一直到我近年的文字。看著這個目錄，讓我困擾了好幾個晚上，在重看編輯們整理出來的稿件時，我發現當中許多文字，竟變得有著既陌生又熟悉的疏離親切感。疏離在於這二十多年來，我竟沒試過幾次翻看過這些我年輕時恣意塗鴉，因為這些文章對我來說，就像青春期剛學會自慰的男生，急不及待地用手機拍下自慰的視頻，然後隨便放到網路上公開一樣，多少帶點譁眾取寵的幼稚。

當年覺得動地震天，今日重新回看，又有點叫人難憾。要不是編輯們幫忙整理出來，我想我可能永遠也不會重看這些文章。

另一件讓我驚訝的事情，是編輯們把我這麼多年前的文字，和近年的文章交疊地編排在一起時，我刻意不去留意文字到底是在哪個年份寫下，結果竟發現了一個很奇怪的現象，到底是我年少輕狂時，已過度早熟；還是人到中年，仍維持著如此幼稚的思想呢？為什麼不同年代的文字，看起來還契合得如此和諧？對此我應該感到自豪，還是要表示慚愧呢？應該拿出來與大眾分甘同味，還是婉拒而藏拙呢？我不大肯定。

但既然編輯這麼有心，把我人生一堆呢喃咕嚕，煮成一鍋思緒混亂的大雜燴，那就讓讀者們自行去品嘗吧。在此感謝秉哲和凱特文化出版社同仁。

今年二世古的雪下得特別大，即使有溶雪地熱的路面，還是積著雪水，舉步維艱。走在路上，讓我想起這書的出現，還得感謝在我人生中出現過的每一位女生，你們或多或少都成就了我，我們之間的經歷，全都轉化成我的創作來源。不管你現在如何依舊愛著我（看，我還是這麼自戀和自我中心），還是已經把我狠之入骨，甚至根本記不起曾經跟我一起的經歷，我仍衷心祝福你們每一位。好吧，除了當中一、兩個婊子，我是不會裝大方的，否則那就根本不是我吧。

而我的生活，還是在繼續放縱自己和努力裝作正常人之間，緩步而行。

彭浩翔

二零一四年十二月二十六日　北海道二世古

Contents

前言：病態處女十誡

我是病態處女座，經常吹毛求疵，和我接觸最多的編劇和同事均深受其害。

極度討厭別人每次電郵給我的大綱和劇本，所用的文件格式與我不同。一旦不同，你即使寫得再好，我也無法讀下去。助手知我脾性，因此經常在列印劇本前，好心替眾人修改。我決定就此花點時間，寫下關於我對所有大綱及劇本格式十誡，廣發給所有共事同仁：

1.文件必須以 Microsoft Word 來寫，切勿以記事本（Word Pad）或其他鬼五馬六格式檔案傳來。

2.每頁上下左右均要留有空位，不要將字打至紙的邊緣位置，左右兩邊空位須均等，上下邊界均為 2.54cm，左右邊界均為 3.17cm。

3.檔案必須以內容名稱命名，須註明是故事大綱、分場還是劇本，是哪一稿版本。由於版本會不停作出修改，故須附上日期，以茲識別。每頁頁尾必須附上頁碼置於中間。頁尾左方須寫上檔案名稱，右方則放上檔案完成之日期。

4.文件內的中文字須使用新細明體，字型大小為12級，如內地傳來之文件，煩請先自行轉換成繁體，以方便閱讀。至於英文及阿拉伯數目字，則用 Times New Roman，級數同上。

5.標題可以粗體表示。行距則定為1.5。如非必要，文中不要夾雜阿拉伯數目字，如提到年份，請以中文數目字表示，而且不要刪去前面兩個數字，如「二零零一」年就不要寫成「零一」年。

6.文中提到由外文影片或名字翻譯而來的名稱，均以香港譯法作為依歸，為方便轉寄給台灣及內地人士看，請在文中首次提到時，於譯名後標示其外文原名，以方便其他中譯法地區查閱。

7.每段開首須隔兩個字位，兩個字位是按四下 space bar。每段落之間須相隔一行，以方便閱讀。

8.極度討厭在繁體中文文件內使用英文標點符號，因此必須留心。角色說對白時，別用" "來括，必須用繁體中文的「」，中文逗號為「，」，「,」為英文版本，省略號是「……」，而不是「...」，點數不是三點或七點，而是六點。

9.每頁紙請勿用兩次以上的感歎號，因為情緒該由文字帶出，而不是以感歎號去提醒讀者情緒的波動。另外也不該把問號和感歎號放在一起，這不是中文文法。

10.除非有很特殊很特殊的理由，否則切勿在文中使用廣東話口語，如「嘅、啲、吖、嗰」，還有不要用「佢」，是「他」。請留心，男「他」、女「她」、動物「牠」和死物「它」的分別。

CHAPTER.01
可不可以不一定同床

幻想對象

我開始發現，原來自己的潛意識，一直以來都在抗拒以季子作為手淫時的幻想對象。

每次當我以她作對象手淫時，我總是感到不大對勁，那是一種彷彿失去了空間和時間感，一切被壓得跟紙一樣薄得不對勁，就算最後能夠成功洩精，那也只不過是生產工序中的一個部分而已，談不上什麼興奮。

而大部分時候，我都會中途改換對象。

至於所更換的對象，亦不是一些特別打動我性慾或者具挑逗性的對象，多數是從雜誌中找來的一些街頭被訪者的照片，然後以她們作為幻想對象。

她們多數是樣子平凡、衣著不算暴露也不見得有品味，一切都像秋天森林中的一片落葉一樣毫不起眼。

可是我就是會以這類女孩作為手淫時的對象。

並非說季子並不適合作為一個手淫時的幻想對象，說實的，她本身是給別人一種在不知不覺之間吸引別人性慾的能力，這不表示她時常擺出一副「Oh! Baby! Come On! Baby! That's Right」的挑逗表情，而是在毫不察覺之間，她就會在看手錶或者找零錢之類的動作間，散發著一股奇妙氣味，令吸入的人們不知不覺地勃起。

她就是有這樣奇妙的能力。

如此奇妙的能力，本身就已經超越了我們言語可描述的範圍，那就像要一個二千年前的埃及人，在尼羅河水退出了他的田地後，用他慣用的辭彙去介紹一下電腦的 hardware 與 software 之間的區別一樣。

但另一方面，雖然季子具有這種獨特的能力，可是卻並不適合我作為手淫對象。

我不能準確地說出來，可是事情就是這樣。

「喂，」季子瞪大眼睛盯著我，「為何你這人老是欠缺邏輯性的思維。」

「噢，那只不過是手淫的幻想對象而已，連這樣也要講求邏輯思維，未免太苛刻了。」

「你這傢伙就是這樣。」她一面說，一面又看看手錶。

I 戀人碎語

女生有一個難題，她在掙扎要是有天蝙蝠俠和蜘蛛人一起追求她時，她該怎樣處理。於是她問閨中女性密友，大家都認定應該選蝙蝠俠。雖然蜘蛛人年青有活力，可是入不敷出，不及蝙蝠俠身家顯赫。兩人同樣把你娶回去後，掉在住所，嫁給蜘蛛人，你得面對那個日夜追租的中年房東；蝙蝠俠倒有個大宅可供你住，雖然陰森，但總算有老工人可以差使。

哪個較為花心？姊妹們都認為不相上下。但從好處想，蝙蝠俠老穿上緊身橡膠衫，和羅賓出相入對，總帶點同志味，即使斷背，也未必會破壞家庭。相反，蜘蛛人四處「發射」，雖然象徵生育能力強，但也有拈花惹草的伏線。

*　　*　　*

女生在中途站才上了飛機，坐在商務艙，她把男空中服務員叫過來說：「我想 upgrade 到頭等。」

服務員禮貌地告訴她：「實在抱歉，頭等已經有客人坐著。」女生一臉失落的表情。為了安撫她，服務員提議把頭等的餐飲和服務，都調到商務艙，讓她可以享受跟頭等的同等服務，女生抿著嘴，勉為其難地接受。

可是坐了一會，吃過頭等餐後，她又按鈴把服務員叫來，問到底頭等的客人什麼時候離開，她才可以 upgrade 上去。服務員再一次向她解釋目前飛機的狀況，在沒有去到下一個中途站時，看看有沒有乘客會下飛機，頭等艙有沒有可能空出位置，因此希望女生能暫時安坐於商務客位。

只是女生認為，這樣坐著乾等不是辦法，於是她再把空中服務員叫過來，說她希望能進去駕駛室，指示機長把飛機降落到最近的一個機場時，然後請頭等乘客下機，這樣不就可以空出一個位置，來讓她 upgrade 到頭等嗎？女生說，她坐飛機是希望擁有整架飛機，而不是只作一個乘客。

咖啡室內，女生把她昨晚發的這個坐飛機夢告訴男人。男人看著她，本來想點起一根香煙，才想到現在室內已全面禁煙。於是望著女生，嘆了一口氣，沉默良久後說：「其實我有老婆，你一早就知道的吧。」

* * *

女：你在哪？

男：在駕車。你呢？

女：在床上。

男：在幹什麼？

女：在想如何可以把你一口吃掉。你也會想把我一口吃掉嗎？

男：也想……但你先得要減肥。

女：>.<

II 戀人碎語

有些時候我們勘探到地下有礦藏，可是一直無人去開採。那是因為在計算過後，開採成本比其蘊含的價值要高，於是礦藏無人鑽探，除非有一天出現突破，例如鑽探技術成本降低，這樣才值得開採。

感情許多時候像採礦，不是你覺得沒機會，只是你覺得須花的力氣，比你在這段感情內得到的滿足感和幸福還要大。同樣採礦也有潛在危險，隧道會倒塌，礦井下會有毒氣，甚至可能出現爆炸，而意外就意味著增加了成本。同樣，你跟某人談戀愛，會影響到你日常生活嗎？會拖垮到你事業的升遷？在內心高速盤旋後，就可能對這種感情敬而遠之。

當然也有人挑戰極限，當個愛情的 X-game 王。

* * *

有時很好奇，見一年青女子拍拖，同居男友因毆打她而鬧上警局；後來結婚，丈夫也因毆打她而婚姻破裂；其後認識另一位男士，男的還是同樣揍她。於是內心產生了一個政治不正確的問題，那就是她有如此噩運的成因：

A.這女生每次遇上的都是壞男人。

B.壞男人實在多得太過隨機抽中。恍如伸手進水果箱，隨手拿出來的都是發霉生蟲爛蘋果一樣。

C.這女生是否確實在相處上，會惹人家的大腦產生一種想揍她之分泌物。

D.這女生是否就對這種會打人的男生情有獨鍾，所以每次千挑萬選，她還是會被這類男生性格上的某些特質吸引著，因此到頭來都是選上這類男生。正如別人所說，很多男人拍拖，一生都總是選著同一類型的女子一樣。

* * *

女：我有點擔心。

男：什麼事？

女：我開始想每天起床及睡覺前都打電話給你，要是養成習慣就不好了 :p
男：這明明是一個好習慣啊。

* * *

男生跟女生說，他比其他男生優勝的地方是，他雖然會搓腳皮，但卻不會像其他男生一樣，掉到四處也是。

女生問：你會鋪著廁紙去搓嗎？男生說不會。於是女生認為男生只會每次搓完後，把它掃掉。可是男生卻說，身體髮膚受諸父母，因此他每次搓完腳皮後，都索性把它全部吃掉。

女生覺得感動，她雖然沒有發現男生的優點，但卻意外地取消了一個缺點。她一直以為男生躲起來吸食可卡因，原來他常用手指塗進牙肉的，只不過是他自己的腳皮。

一輩子溫柔

翔：

六月十四日，和你吃自助餐的一天。

晚上十二時許，很累。想打電話給你，又恐怕你未回到家，吵醒了你的家人。想起剛才呀，你在公園中說不捨得我走時覺得很難過。其實那一刻我想哭，但怕臉上化妝會花作一團，所以又忍住了。

這大概你也沒發現吧。

還有十九天……

翔：

今早很多囉唆，對不起。

最近一直有點厭食，吃了東西想吐。又怕吐了更辛苦，只好吃藥，可能因為這樣的環境。別擔心，混亂的日子總得過去，而我也不得不堅強起來。

但我需要你的支持。

還有十八天……

翔：

今天看了你在報章上的文章，忽然很感動起來，因為又明白你多一點。想做些東西令你感到幸福。想說，常常都愛你。

還有十七天……

翔：

今晚有點頭痛，情緒不好。這陣子情緒都不穩定，寫這封信時有些不專心，一邊聽walkman，一邊吃話梅，一邊找尋枱面上的玻璃碎片，手臂又不知為何很疼痛，頭也是。我做事本來就是這般鬆散，除了掛念你的時候。開始專心掛念你。好幾次差點忍不住告訴你自己每天都在寫信給你。幸好還忍得住。

還有十六天……

翔：

Angela常常問我到底是否在拍拖。我答不知，真的不知。記憶之中，你從未說過愛我。但我覺得跟你一起很「理所當然」，而我也不在這問題上徘徊（聰不聰明？）。直至今天Winnie約了你，我忽然感到很upset。是，我清清楚楚地知道自己在妒忌。本來想對你說：「關我什麼事？」但怕傷了你，也傷了自己。

還有十五天……

翔：

太多人問我，走了後會不會回來呀？捨不捨得香港呀之類。我總答：「會回來的。」但其實，我對自己這答案都沒信心。因為回心一想，我是絕對有可能在加拿大落地生根結婚生子一去不返。我的離去，如果不是因為你，根本全無顧慮。

還有十四天……

自私鬼：

昨晚一直在嬲你，所以沒有寫。

本來你昨晚打電話給我，我也以為自己真的沒事了。

但後來仔細一想，原來自己的心裡仍很不舒服。我明白自己是沒有資格去嬲呀。但你明知我是不喜歡 Winnie 的，你為何老是三番四次和她出去呢？

自私鬼！憎死你！

但原來，我發現我們竟然連可以吵架的時間也不多了。

十二天……

翔：

花開得很漂亮。謝謝你。

翔：

今日整天都在收拾東西，很忙，忙了一整天，累透了，下午看見搬運工人用紙包著那些碗碟。我在旁邊看邊想，不環保又麻煩。忽然想起你說過，將來你家裡只會要兩套碗碟。我想多好。但我媽媽一定反對，因她最愛化簡為繁。

十二時許，你的電話來，問我為何還不睡，在寫信給你嘛。你說我晚晚都是這樣，說了睡又不去睡。嗯，對呀，那是因為我晚晚都在寫信給你嘛。

十天……

翔：

晚上三時四十七分。

很睏，但想到你現在正和朋友在吃喝玩樂，睡不著。

如果我在晚上找不著你，就會很容易哭出來。好像你就是我身體的一部分。所以將來呀，要是我可以和你一起住，你別那麼晚回家，我會哭的。

九天……又近了一點。

翔：

我常常都告訴自己，不要再因為快將分開而在你跟前哭，甚至告訴自己完全不要哭，但剛才打電話給你，還未聽到你的聲音，兩顆眼淚便豆大的滾下來，真沒用。

對於移民，很久之前是沒有討厭也不是很興奮，但近幾個月，開始收拾東西、添置物品作準備，卻有種時間快要到來的壓迫感覺。很 upset，全都因為你。

八天……

翔：

你知道嗎？今早我用了整節樂理課時間來專心想你，因為昨晚我發了個噩夢，夢見你不再和我一起。我只有把你送給我的唇膏帶在身邊，恍如有你時刻伴著我，在唇邊……

七天……

翔：

今天和家人去了荔園，長頸鹿本來躲在屋子裡不肯出來。但我站在欄邊，心中默念：長頸鹿長頸鹿你快出來吧，我專誠來看你呀，上次跟翔來時他責怪我看不夠兩分鐘就嚷著要走。今次看不到你大概永遠也看不到了。

長頸鹿最後在我臨走前出來了，多好。可能真的因為你。

聽著 Kenny G 的〈Forever in Love〉，一邊想你一邊寫信給你。希望你如果可以看到這些信的話，也會一心一意的想我。

六天……

翔：

想了些你在我走後要做的事情。

1. 掛念我；
2. 寫信給我；
3. 寄信給我；
4. 學煮飯；
5. 寫稿；
6. 讀書；
7. 練薩克斯風；
8. 自慰（不准想第二個人）；
9. 減肥；

10. 存錢；

11. 吸塵；

12. 看書；

13. 做沙拉。

翔：

下午去剪頭髮，然後跟你喝咖啡。買了一隻米老鼠給你，現在有沒有擁著它？當我想起你剛才偷看了禮物後，還裝成在猜想的樣子，也忍不住在笑。你自己說，好不好笑？（不過可能你會忘了這一事，沒關係）

今天過得很好。現在回家後，髮端還沾有你那鬚後水的氣味。我想，以後每當嗅到這氣味，就會想起你。唔，又不是，這樣說不好，應該說因為你，我會記得這氣味。

四天……

翔：

剛才打電話給你，你說在吃東西，過一會才給我電話，不知為何，我又哭了起來。可能今天就是易哭的一天吧，家駒去世了。我記得自己曾很愛他的音樂。他的死，又令我想起原來他的音樂曾藏著我小時候很多的夢。我記得村上春樹說過，人的生命實在脆弱，比人想像中脆弱得多。一些看似永遠恆久的東西，原來都是脆弱得不堪一擊。

翔：

剛才呀，你說愛我。你知不知道感動得我哭了出來，感動得想跟你做愛，生個孩子。我會記得，永遠都記得。謝謝你。

我常常都覺得自己是個有破壞沒建設的人，老是傷害了人，也傷害了自己，我討厭自己這自私任性不負責任胡作妄為的性格。

但這全都因你而改變。I just want to say, I love you.

翔：

這大概會是在香港給你的最後一封信了，沒有什麼要說，要說的之前都說過了。

離別總難免叫人難過。但要記著，我會常常支持你、掛念你的。最後，小心飲食，努力讀書。別拈花惹草（Winnie 的事情好自為之，別張張揚揚招招搖搖）。我愛你。

季子

當我收到這些信時，收音機正播放著葉蒨文的〈一輩子溫柔〉。我有一段很長的時間無法說話、寫作。

走廊

我曾經一直長時間站在那走廊。

但到底實際在那裡站了多久呢？我也不大清楚。大約是由一九九零年的六月站到那年的十一月。整整五個月的時間，我一直站在那走廊，即使人離開了，靈魂仍舊會獨自站在那兒。雖然如此，但我那時大部分的時間，都是身體跟靈魂一起站在那長長的陰暗走廊。

我不知道為什麼，但那時的我就總是相信只要一直站在那裡，她就會回到我身邊。

我始終沒法忘記跟她一起的感覺，擁著赤裸的她，我不禁要用力緊緊抱著，她就像在我懷裡的一堆沙。而我就是站在撒哈拉沙漠的正中。只要我的手稍為鬆一下，她就會馬上從夾縫中流回到沙漠處，再也無法從沙丘中尋回她。

而我越把她抱緊，那種感覺就越強烈，就像死一樣叫人難耐。

「因為我本身就是來自沙漠的。」她告訴我。

因此，縱使我再怎樣緊抱她，她仍是流回撒哈沙沙漠之中，再也沒有一點蹤跡。

而在這之後，我就開始一直站在這走廊中，那是她回到撒哈拉沙漠後我唯一再見過她的地方。那時是在分手後的一個月，我在馬路的另一面，等待著交通燈轉色，我看到她像風沙一般在這走廊飄過。

因此我一直站在這裡，期望她再次出現。

「在等人嗎？」走廊中有一個長髮女孩子走過。

「嗯，是啊。」

「你等的人會來嗎？」她帶著微笑地問我：「我看你已經等了很久。」

「不知道，大概會來吧。」

「要喝杯咖啡嗎？」

「不，謝謝了。」我拒絕了她。於是她離開了，而我點起了一根香煙。

He's the last one to know loving eyes can never see……

從不遠咖啡店中傳來 Percy Sledge 的歌聲，我看著無雲的天空。

噢，這就是一九九零年的時光啊。

黃昏動物園

黃昏的動物園裡，除了動物之外，就只有兵馬俑似的管理員。

當我一個人在這黃昏的動物園裡遊逛，不知不覺又來到長頸鹿的旁邊，看到長頸鹿正是意味我們走到了動物園的交匯點，留下或離開，我們非要選擇其一不可。

「怎麼是自己一個？」長頸鹿叮叮問我。

「昨天和她吵架了。」我說，「她都喜歡因小事吵架。」

「她也是一樣嘛。」他望著噹噹，「那傢伙老是罵我不吃含羞草的莖。但你可知道，那些莖實在太苦啊。」

「這個我沒有試過。」我笑了。

「不過我也明白，其實你每次並不是為了我們而來。」叮叮過了一會說。

「不是嘛。」

「不用否認。我知道你並不是真的喜歡我和噹噹，就正如你對她一樣。」

「嗯哼？」

「自從大象在一九八九年逝世後，本來你就不會再來。」

「但從一九八九年我就開始了和她的戀愛，經常來這裡。她並沒有什麼缺點：約會從不遲到，飲湯不會發出聲音，也不會要我替她付款。在現在社會中，只要要求不太苛刻，她已經算是很不錯了。但我卻老是對她提不起勁。」

「就是這樣。」長頸鹿說。「我和噹噹成為了大象的代替品，而她也成為你以前女友的代替品。」

「你怎知道我以前女友的事？」

「力奇說的。」

「牠是隻多管閒事的獅子。」

「對啊。」牠點點頭，開始吃那些含羞草的葉。

我看見在駱駝的旁邊，有一道沒上鎖的鐵閘，後面是一片黛綠叢林。

「要不要放你們出去？跑過了村屋，就可到達那邊的樹林。你們就自由了，回到森林之中。」

「不，就讓動物園自已結束吧。」叮叮拒絕了我的提議。

「那可以給我一點紀念嗎？」

「我把一套動物園的紀念閃卡埋在鱷魚的鐵籠旁邊。」牠說。於是我謝過了牠，拿了閃卡便離開。

晚上一個人看電視時，收到了她的電話。

「我很想念你，現在可以上來嗎？」

我抬頭看著那貼在牆上近二百張的大象照片。

黃昏的動物園是一個遺憾。

喇叭少女與薩克斯風少年

其他十九歲的青年可能不承認，但在我十九歲的思想中，確實從早到晚都在想女孩子。在經濟課上會想，吃海鮮薄餅時會想，嚴重時甚至連在廁所中排隊往便盆小便時也會想。女孩子不但影響了我的情緒，還打擾了我日常的生活秩序。我嘗試過不去想她們，假設全世界所有的女孩並不存在。可是那種感覺就像在空氣粒子間盲目地浮游著的感冒菌。雖然眼看不見，但確實又存在。

而在這感覺的切面上，喇叭少女無疑是當中佔面積最廣的一個。

初次和喇叭少女相遇是在二月中旬寒冷而又充滿陽光的早上。她的身材比較嬌小，所以當她抱著恍如史前恐龍似的低音喇叭趕路時，顯然是有點笨拙。可是她那把修長黑髮一配合起冬盡春至的氣味時，又會產生出一道教人著迷的感覺。那種感覺實在不可思議，在第一次遇上時，我不禁輕微地勃起，那種程度是能夠讓自己察覺，又不會引起其他人注意的那種。

我花了整整四天半的時間，才查到了她學習低音喇叭的音樂學院。那半天是花於在學院辦事處申請入學的手續上。我選擇了修薩克斯風課程，在之前我對這個，甚至連對音樂也一竅不通，選這個原因一來是低音喇叭的課程已經滿額，二是受了 Kenny G 的《Songbird》所影響。加上我總是感到十九歲這個年齡好像很適合吹薩克斯風，彷彿薩克斯風的存在完全是為了十九歲的少年。就像少年一拿起了薩克斯風，喇叭少女就會立刻自動脫得一絲不掛，跪在他的跟前似的。

「你的姿勢真帥啊。」她應該會這樣說。

雖然是不同課室，但喇叭少女的課室就在走廊的盡頭，正是練習室的隔鄰，所以我早在她上課前半個小時就來到練習室，對著鏡子扮出自己認為是最有性格的姿勢。跟著把門半開。吹奏出自己剛學懂了的〈再戀〉和〈紅唇綠酒〉，而在她每次抱著那條史前恐龍趕去上課時，我從鏡裡可以看見她有意無意的回望。

在那個微冷的下午，我同樣地往練習室吹奏〈再戀〉。一切都一如往日，唯一起了變化的，就是她早來了十分鐘。她一直都站在門外，當我吹到最後一個小節的時候，她稍稍進來。

「對不起。」她放下了手抱的恐龍，「我想告訴你……」

我努力地擺出那姿勢。

「你剛才的第一小節全高了八度。」

她和她所擁護的熊貓

她告訴我，我是她的第一個男友。

可是我卻懷疑她不是一個處女。

我也明白到當兩個人在一起時，互相信任是相當重要的。要是沒有信心的話，感情很難持續下去。

可是情況就怎樣也無法叫我有信心。

我總覺得她曾經和熊貓這類動物做愛。

縱使她到目前為止還未發生她認為是神聖，而別人看似是畸形的性關係。但這樣也肯定非出於她個人的意願，那只不過是受制於各類客觀因素。

大概她也有和熊貓做愛的念頭吧。

我並不特別憎恨熊貓，但就怎樣也沒法對那些傢伙有好感。我不知她過往看了多少次《豆豆》這部卡通，但我和她一起時就起碼看了六次。每次她就總是一面看，一面啜啜抽泣。我不明白她為何會有如此耐性和衝動，那只不過是製作一般的卡通故事而已，其實我早在八歲時就已經看過。內容大概是講述小熊貓豆豆為了找尋自幼失散的母親，於是決定離開森林，但卻被馬戲團捉了去做表演。在一個冬天的晚上，豆豆被困籠中，看見月亮，以為是自己的母親，最後凍死了。

故事就是這樣。

那時看完後並沒有特別的感覺，也沒有哭。當然後來六次的結果也是一樣。

畢竟，那只是一部卡通片。

而那時的我，根本就從沒有重視，或打算重視熊貓這類東西。我所關心的，是怎樣能夠什麼也不幹，就會有漂亮的女孩子自動靠過來，或者柯波拉的電影何時上映之類的問題。對我而言，這些比起熊貓來說無疑是更有價值。也只有這些才稱得上是生命。

為什麼沒有人想過要去吃熊貓肉呢？

總括來說。我在未遇上她之前，生活就從未和熊貓扯上過任何關係。

其實和她做愛，顯然就是證實她是否處女的一個最佳方法──起碼我個人相信是這樣。但問題在於她似乎對這種以人類為對象，傳統而且正確的性關係一點興趣也沒有。每當我嘗試去解開她的衣服時，她就會像小孩被灼熱的湯濺到一樣，本能地彈開。然後彼此間便會產生起一度無形的力牆，使我感到混身不自然。

她只能接受接吻及愛撫。

我想如果有一天，一隻像巴斯似的天才熊貓，學會了人的語言和生活習慣，她大概會一手把我推開，說：「我希望把這個留給將來的丈夫啊。」然後馬上轉身和那熊貓步入教堂。

我肯定會是如此。

幸好熊貓的才能，還只是停留在騎腳踏車和舉重的階段。

就是這樣，那時的情況，對於滿腦子充滿了奇特性幻想的我顯然是相當不利。可是我想，戰事還得要繼續下去。

但話說回來，要不是她時常說：「你的樣子真像牠啊。」、「是呀，你像極了。」的話，我就從來想都沒有想過自己的樣子，原來可以和熊貓的樣子一模一樣。

自從她告訴了我，我就開始在洗臉時留意自己的臉孔。每次在坦白得近乎刻薄的鏡子前面，就總是覺得自己的膚色——特別是在光管燈照射之下，白得恍如牆壁上的批盪。而眼睛四周，就有著一個像給人打了一拳而瘀腫的黑眼圈。

要是不笑時，實在像一隻熊貓。

「不是熊貓，是大熊貓啊。」她時常這樣糾正我的說法。

「少了一個大字不行嗎？」

「當然啊。」她說。「因為在熊貓當中，是有大熊貓和小熊貓之分。可是牠們卻不是同類。大熊貓這名字，本身是因為牠在動物分類學上的獨特地位，而賦予獨特含義的一個專有名詞啊。」

「嗯啊。」

「你可稱呼牠的別名，如花熊、竹熊、大貓熊，又或者是英文的 Ailuropodamelanoleuca 也可以。但就總不能單稱牠為熊貓啊。」

雖然如此，但我仍是會在私底下稱呼牠們為熊貓，或「那些傢伙」。由始至終我都很討厭在牠們的名字前加上一個大字。我不是佛洛依德，因此當然不能把這個說是一種什麼的熊貓情意結。但是我想，這也許是我對於牠們一種潛意識的抗拒吧。

她是野生動物基金會和中國保護熊貓協會的資深會員，長期訂閱每季初出版的熊貓會報。家中的書櫃放滿了和熊貓有關的書籍：《中國珍稀動物大全》、《大熊貓的飲食習慣》、《四川熊貓與中國政治》等等。我不明白出版社為何會出版一些如此奇特的書籍。彷彿這類書放在架上，除了熊貓本身和她之外，其他的人就連拿起來看一眼的興趣也沒有。

另外，她擁有著數以百計的熊貓飾物，鑰匙圈，原子筆，橡皮擦，海報和各類大大小小的毛公仔。而錢包裡就常常放著熊貓徽章貼紙。

我曾經問她為何會這般喜歡熊貓。

「喜歡就是喜歡嘛，沒有什麼原因可解釋。」她這樣回答。
「那愛上了熊貓以後，就不會對其他動物感興趣的嗎？」
「嗯？」
「例如是北極熊。」我說。
「北極熊？」
「是啊。」我說，「他們同樣是稀有動物，而且樣子也頗可愛啊。」
「那麼牠們生活在哪裡？」
「當然是在北極。」我說完又想了想。「北極熊嘛。」
「嗯哼。」於是她似乎苦惱地幻想著住在北極上的北極熊。
「我想我大概不會喜歡北極熊。」過了一會她說。
「因為要是我同樣地愛上了北極熊的話。那就是說我需要將原來給予大熊貓的愛，抽調一部分，甚至一半出來，然後轉到北極熊身上。這個，你明我的意思嗎？」
「我明白。」我點點頭。
「可是，當我對於大熊貓的喜歡程度一旦降低了的時候，就難保日後我也不會再喜歡其他的動物。因此，恐怕這會令大熊貓本身不高興啊。」

「不高興？」

「是呀，換了是誰都會啊。」她說：「要是大熊貓不高興，就連我也會不高興。」

「但牠又怎麼會知你對牠的愛減弱了呢？」我問。

「不。」她一本正經地說：「大熊貓是能夠感覺到的。」

結論：她是一個擁護熊貓的納粹青年。

當然，到廣州市看熊貓也是她提出的。

我想誰也不能想出這種無聊事，無聊彷彿成為了她的專利。

那段報導是在上星期六看到的，刊在國內新聞版，而且所佔的篇幅也不大。她本身是那種不大愛看報紙的女孩。星期天早上我和她一起吃早餐，她隨手拿起報紙，一翻開就看到了。

那報導的標題是這樣的：「熊貓明星巴斯應邀到廣州，表演吸引萬人參觀。」新聞的旁邊還刊登了一張熊貓巴斯騎腳踏車的照片。

她把報紙給我看，我望了一眼說：「看起來這巴斯應該要減肥了吧。」

我放下報紙，她也沒有說什麼。於是彼此又繼續吃早餐。

「我想到廣州。」

「什麼？」

「我想到廣州。」她又重複了一次。

「真的嗎？」

「是呀，我們到廣州看大熊貓好嗎？」

我想了片刻就點點頭，跟著點起了一根香煙。

她的腦袋就是可以想出這樣莫名奇妙的東西。幸好那些傢伙沒到西西里表演。於是我們就出發往廣州看熊貓。

形式上就和教徒朝聖一樣。

火車沿著鐵路前進，而她則在我的臂彎裡沉沉地睡，噴出來的濕氣透過了絲質恤衫，落在我皮膚。越過了的電線桿已經超過了三百八十枝，我感覺到靈魂正一步步脫離了軀殼，飄浮於空氣之中。

說起來，為什麼沒有人想過去吃熊貓肉呢？

出版奇怪書籍的出版社為何不會倒閉？

為什麼熊貓還未絕種？

她是不是處女？

問題有時就像是要令人們不明白而存在似的，大概火車也是為了有個終站而行駛吧。

頭又開始痛起來。

床

送了女友乘車回家後的那段時間是最難打發的。

因為不管是打開一本書或放一張唱片，腦裡就總是殘存著女友乳房的影像。於是只好一個人躺在床上抽煙。

「我不大喜歡那女孩。」我的床對我說。

本來我就不認為，一張床能夠說出這樣的話。但自從新聞報導了某車卡鬆脫事件後，我開始相信所有的可能性。

「因為她的反應太激烈，弄傷了我的彈簧。難道你們不可以放輕一點嗎？」它又說。

「怎麼可能呀！」我說：「這回事……」

「我還是欣賞上星期那女孩子多一點。」它停了一會：「溫柔、含蓄。連幹那回事也是默默地一聲不響。」

「嗯哼。但你是否欣賞並不要緊。」我說：「重要的是我不大愛她啊！」

「不大愛她啊！」它憤怒地叫起來，「那你又和她做愛？」

「這是我的私事。和你有什麼關係？」

「和我無關？」我感到它的顫抖。「你每星期帶些你所謂不大愛的女孩子回來，然後在我上面做愛。你敢說這樣和我無關？你有否考慮過我的感受？如果由你躺下來，我在你的背上和你女友做愛，那你會有什麼感覺？」

「……」

「這也算了，怎麼可能連一張床單也不鋪啊？弄髒了也算了，現在還在我上面抽煙，說這種風涼話？」

我也不知該說些什麼。

三天後，那反應激烈的女孩再到我家，她問我床去了哪裡。

「有蚤，所以丟了。」我告訴她。

「嗯哼。躺在地板也不錯呀。」她說。

擁抱女人的代價

一直以來，所有的女性都想擁抱我。

我也不知道為什麼會這樣。但從小開始，親戚、鄰居，但凡是女性的，一看見我就會擁著不放，弄得我喘不過氣，好不容易才從她們懷抱中掙扎出來。

開始上學後，班上的女同學每天都因為爭著擁抱我而吵架。直至那次老師嚴厲地處罰了女班長後，其他的女同學才不敢再在課堂上造次。可是，我卻需要每天都躺在老師的懷中上課。

畢業後，我在一間出版社工作。每次在女同事的生日會上，她們的生日願望總是希望整夜抱著我。

「先生……我可以擁抱一下你嗎？」街上的女孩子問我。

「嗯哼。」於是那些陌生的女孩子就會擁抱我，一直站在街道中間。

女孩子告訴我，她們一看見我就會情不自禁撲過來。她們認為我應該像那些無尾熊一樣，每天什麼也不幹，只吃著尤加利樹葉，然後躺在她們的懷裡睡十九小時。

可是亦因為這樣，我也同時失去了很多男性朋友，因為他們大多都不希望自己的女友和妻子擁抱我。但他們卻從不明白，其實我並不喜歡被女人摟摟抱抱的，如果可以的話，我倒希望可由我去擁抱女人。

所以當我認識了翠兒後，我決定要有所改變。

初認識翠兒時，她也和其他女人一樣，無時無刻都要緊抱著我。因此每當她把我抱緊，我就會藉故擺脫她。嗯，要小便啊去覆機呀諸如此類。務求減少她擁抱我的時間。慢慢地，翠兒由每天必須擁抱我十九小時，減至十二小時，後來再變為八小時，再變為六小時、三小時、一小時……

終於，我成功令翠兒不再緊抱著我，每次和她約會，她只須輕抱著我的腰就可以了。

當我在生日那天告訴翠兒，我的生日願望是想擁抱一下她時，她毫不考慮就答應了。於是我從背後抱著她。

「覺得怎樣？」我問她。

「不錯呀。」

可是我卻感到胸前湧上陣陣血腥，我的衣服沾滿了血。原來女人的背後長滿了一條條的尖刺，刺頭還生了些倒勾。我的身體被刺了無數的小孔，血緩慢地流出來。我發現，這就是擁抱女人的代價。

之後，我離開了翠兒，甘心情願地繼續被各個女性擁抱。

愛情殘酷檔案：停損不停利

愛情與炒股票的相同之處，就是彼此同樣是高風險投資，各散戶都須面對其風險，但唯一分別是，你的股票一般都有停利和停損的上下線水位。一旦到了心中所賺的價位，就賣出套現；一旦跌至某個價位，就忍痛停損離場。問題是，在愛情投資方面，永遠都是非理性，停損不停利，當然有些人連損也不停，因此世上才會出現如此多的怨侶。

A小姐年近四十，在二十歲後，曾拍過幾次拖，最後都無疾而終。長期脫離了市場，令A小姐缺乏自信，她不放過任何結識異性的機會，甚至連每次求職信，她也附上一張在二十二、三歲時拍下的沙龍照片。當時是九十年代末期，網路並未徹底普及，一般求職信仍以郵寄方式遞交。朋友都問，她幹嘛在求職時，要附上個人照片？A小姐卻說這樣是為了增加面試和錄取的機會，朋友對此都深表懷疑。

雖然A小姐年青時樣貌確實有點姿色，加上照片是典型的模特兒沙龍照，基本上是一白遮三醜，大家都對A小姐這事情不太看好。那時還未流行home-working，因此大家必須在公司工作，一旦到了公司，即使只獲得面試機會，這張照片只會徒增期望和現實之間的距離，更會讓管理層覺得，你是個言過其實的假大空，給人預期和實際成品有出入。當然A小姐並不介意，更有一個可能性是，她根本認為這照片和現在的她沒太大出入，所以即使A小姐的朋友認為不太恰當，也不好意思直接告訴她。

誰知她這個行動，竟然得到了意外的收獲。她一封寄到新加坡某公司的求職信上——對，她不單是在本地發放，還把照片四處郵寄往海外。過去曾聽到有人會把信藏在密封瓶中封好，然後投進海中，看看它漂流到世界哪個角落。沒想到，原來真有人回覆。原因是這封信沒有寄到她原身應徵的公司，卻錯誤投遞到附近的另一公司。那兒人事部主管B先生看了這求職信，被A小姐的照片吸引，於是嘗試回信給她，開始和她聯繫。

對A小姐來說，這樣的意外邂逅，簡直就像所有好萊塢浪漫愛情輕喜劇的開場，A小姐和B先生開始通信起來。A小姐覺得與B先生甚為投緣——對於如此渴求愛情的A小姐來說，她什麼看進眼裡，都總認為是投緣的表現。感覺上就像電影《見鬼》（編按：台譯《見鬼》）中的鬼魂一樣，鬼魂只會看到自己想見的東西。

經過幾個月通信後，B先生告訴A小姐，他會到上海公幹，之後順道來港逗留數天，因此他很想約A小姐見面。為了公平，B先生也附上自己的照片給A小姐。A小姐一看，更是芳心大動，因為照片上的B先生，雖不算英俊，但也是一個彬彬有禮的中年人，而不是個老頭，也不像變態殺人狂。

B先生事前已與A小姐約定了時間，叫她在酒店樓下先見個面，之後他要去先前安排了的會議談點事情，晚點再致電給她相約吃飯。A小姐大為緊張，當天全力以赴，務求盡量拉近自己和那張照片之間的距離。

一眾朋友認為，這個見面安排有點奇怪，如果B先生認真想和A小姐見面的話，幹嘛不在忙完事情後，才相約吃飯見面？有朋友提醒，這樣的事情明顯像在超級市場內試食，希望拿到free sample去檢定貨物品質，可是A小姐堅持不信，於是就照原定計劃，下班後到B先生酒店樓下等他，B先生如期出現。根據A小姐的說法——由於她堅持不容許朋友在場，或在遠處觀看，因此無人得知當時實際情況，一切只靠A小姐覆述。A小姐說，對方一看到她，馬上大表熱情，並沒有因她實際樣子與照片的差距而表示驚訝。在寒暄數句後，B先生一如先前所說，有事情要處理，讓A小姐等他一下。

B先生相約了A小姐在港島吃晚飯，因為A小姐工作的地方，與B先生所入住的酒店都在港島區，A小姐的家則在新界，因此她不願意因回家而錯過晚飯，於是決定在街上流連，等待B先生一起吃飯。A小姐更拉了一幫朋友出來陪她等候情郎。當然，B先生整晚杳無音訊，也沒有收到他的來電。

朋友都勸A小姐不要等，結果A小姐還是拉著朋友陪她等到十二點，才肯承認B先生不會來的命運。在此之前，A小姐還認為B先生可能工作未完，甚至是遇上交通意外。朋友都說，B先生提出這樣的會面格局，顯然是對這段關係設定了停損位，一旦發現貨不對辦，就馬上撤退，提早停損離場。

問題是，大家都覺得作為男士，跟陌生女子會面，都應有基本的紳士風度。即使貨不對辦（貨物與樣本不符），也可以彼此吃個飯，聊聊天，可是B先生的停損門檻似乎定得非常高，一眾朋友都認定，要是B先生來到時，看到A小姐如相中人一樣，他必定說後面的工作臨時取消，或說沒關係，晚一點處理也成，然後就馬上帶A小姐吃飯。定出了這樣的格局，可見B先生連吃一頓飯的時間和金錢也不願冒險，一不對勁索性馬上掉頭離開，企圖把成本損耗減至最低，感覺上就像街邊拉著你說，找你去拍廣告的模特兒經紀人，一旦確認無法把你矇騙，就連之前給你的名片也要回去。

A小姐對這個異地邂逅，大感失望，表示男人都是可惡的東西。雖然在這樣的場合，既然到了如此地步，當然不宜爭拗，但其實問題一部分是來自A小姐。A小姐寄上那張照片，就存有欺詐成分，當然A小姐也反駁：「我並沒有貨不對辦，那個人真的是我呀。」對，要是你是一個商戶，也許未必能控告你商業詐騙，但起碼你一定是經營手法不當，故意「誤導消費者」；就算不能將你定罪，也起碼在消費者委員會刊物公佈你的店鋪名字，提醒消費者。所以這事除了突顯B先生的小家子氣外，其實A小姐也拿不到多少同情分。

萬料不到是，B先生竟如此的狠，連致電給A小姐說那個工作會議拖得太長，不能吃飯之類的抱歉電話也不給。當然也可能是A小姐跟那張照片的差距實在太大，導致B先生對那種貨不對辦的程度，衍生出一絲怨恨，於是忙於為自己這個香港求愛之行停損，並趕緊拉著朋友到夜總會狂歡，而忘記了A小姐這項爛尾的投資也說不定。

與黑熊同居的女孩

直至現在每次小便的時候，我仍會記起她那無奈的眼神（我不打算解釋為何會在小便時想起，但反正連我本身也不大清楚原因）。

其實一直以來，我們之間也不存在著任何形式上的友誼。但我總感覺到我跟她之間，有著一種在特定形態之下的特定聯繫。相信她的情況也是一樣。

那就是說每次當我小便時就會想起她的眼神，而當她迷惘時就會想起我勃起了的陰莖。

雖然她沒有見過我的陰莖，但我們大致上就是有著這種的聯繫。

遇上她應該是在一九九二年四月的中正機場候機室，那時我正因為班機延誤問題而滯留於台北機場的候機室中，距離下一班開出的飛機還有兩個多小時。

於是我決定一個人走到二樓的小咖啡室，消磨餘下的時光。

而當我一面吃著作為午餐的雞蛋三明治和咖啡時，她就走過來跟我打招呼。

「對不起，香港來的嗎？」她以試探性質的口吻問我。

「嗯哼。」

「是吧。」她高興地說著，一面就坐下來。「我一看就知道嘛。」

「香港來的是很容易看得出的嗎？」

「看一眼就知道了嘛。」於是我們就交談起來。

她看起來像二十五、六歲左右，但說也奇怪，她有一種叫人憐愛的眼神，像一個無家可歸，流落在午夜森林中的小女孩一樣，可憐而且無助。

我們一直閒閒地談著，說著香港和台北之間的事，而在談話之間，我發現在她的脖子上有三道剛結痂的傷痕。

「那是給我同居的黑熊所抓傷的。」

她說完，轉望向窗外，一架飛機正迎著陽光那邊飛去。眼神比之前更顯得無奈。

「嗯，為什麼？我是說你為什麼會跟一隻熊同居呢？蠻危險的啊。」

「沒辦法，因為我實在很愛牠啊。」

「但是，」我指著她脖子上的傷痕，「牠看來似乎不大愛你。」

「不是啊，我知道牠是深愛我的，正如我愛牠一樣。」

「但要是這樣的話，牠又為何會抓傷你呢？」

「牠只是一時控制不了吧。」

「嗯？」

「這是不能責怪牠的，你要明白，牠是一隻黑熊，一直以來都習慣了在森林中抓硬樹皮，又或者在溪澗中捉三文魚，這已成為牠天性一部分。於是當牠一搬到城市中居住時，難免會有點不慣。」

「於是就抓傷你？」

「也不可以這樣說，這只不過是愛我的一種轉化表現，今次當牠抓傷了我後，也是很內疚的。」

「內疚？」

「對呀。」她喝了一口咖啡後說，「牠每次也會細心地替我包紮脖子上的傷口，還特地去上了一個急救課程，學習如何止血呢！而且每次當我頭上的傷口還未復元之前，牠對我也會顯得特別體貼。」

「那為何你不嘗試阻止牠這行為呢？」

「不，我實在太愛牠了，如果牠沒有抓傷我，就沒有替我包紮時的那份關懷。」

於是我再沒有說什麼。

我們繼續在餐廳中抽煙、喝咖啡。而當機場廣播說出我所乘班機的編號時，我再問了她一些問題。

「你，還打算繼續和這隻黑熊一起嗎？」

「嗯哼。」

「即使牠仍不斷的傷害你？」

「是啊。」她點點頭。

「那麼這關係準備維持到什麼時候呢？」

「直至有一天牠抓得太深，無法止血。我也會因為失血過多而死掉的時候。」她是這樣告訴我。

「嗯哼。」

在往倫敦的客機機艙中，我一面看著台北的全景一面想，莎士比亞所謂的悲劇性，大概就是這樣之類的東西吧。

到了現在我還記得她的眼神，但限於小便的時候。

愛情農夫

一直以來，天蠍座都深信投資／回報對等這套理論。即使對她男人的愛亦然。她的男人想吃咖哩飯，於是天蠍座就去學烹飪。就連天蠍座自己也承認，她在這方面嚴重缺乏天分，可是經過了十七次不停反覆的練習後，她終於煮出了一頓勉強可稱得上是咖哩的午飯。但她的男人只給了她八分。

每當男人在街上張望其他女孩子時，天蠍座就會用雙手挽著男人的手臂，默默地低著頭，直至那些女孩子走遠了，或她的男人停止了注視後，天蠍座才會繼續剛才那未完的話題。

但是，她的男人仍不斷追求其他女孩了，和她們上床。男人在事後還會把它寫成文字，刊在報章上炫耀一番。而每當天蠍座得悉她男人這類下流行為時，就只會嗯哼一聲，然後繼續織那手中未完成的頸巾。遇到開心時，天蠍座會獨個兒地偷笑。而在受了男人的冤屈後，就會一個人躲著哭，從不會提出反駁，也不會讓她的男人知道。

別人告訴天蠍座她的男人對她不是認真的，可是她卻回答：「我知道呀。」

天蠍座是一個愛情農夫，她深信只要自己不斷付出，總有一天對方會明瞭她，感激她的愛。正如農夫一樣，翻土播種，灑水施肥，經過漫長艱辛的努力，總會有美好收成的。而當天蠍座從朋友口中得知，她的男人上個月只召了一趟妓時，天蠍座不禁淚流滿面，淚珠像豆子般滾下來。

因為她知道距離收成的日子又近了一點。

上星期，當男人和他的第二十二個女孩子做愛後回家，看到了天蠍座所燉的參湯，男人突然感到那份久違了的溫暖。我想要個家啊，那時他在想。第二天，男人一早就跑去買了一隻戒指。當他來到咖啡室時，天蠍座早就在那裡等他。

「到底是什麼事？」天蠍座問她的男人。

男人坐下不久，從外邊走進了一個穿碎花裙的女孩子，頭上戴著一個可愛的貓兒髮夾。看來不過是廿一、二歲吧。

原來天蠍座一直所忽略的，就是那些破壞她愛情耕作的蝗蟲。牠們可以在一夜之間，吃光了你辛苦得來的收成，令你累積的心血盡毀。

「沒什麼，只不過想和你聊天。」男人把剛拿出來的戒指收回袋裡，而目光就一直未離開過那碎花短裙。

2303的男人

那一天，女朋友哭著對我說，她很需要得到幸福。

從來都是這樣，只要她想要什麼，我也會盡力去滿足她。Polo手袋、Satchi錢包、動物園閃卡，每次都是這樣。

可是這次我真的不知該到哪裡去找。

晚上一個人回家，遇到住在對面2304室的小姐。

「不如到我家喝杯咖啡吧。」她說。

我想或許她的家裡會有幸福這類東西，於是我便到她的家去。晚上，我在她的床上和她做愛，但就是找遍了全屋也找不著幸福。

第二晚，當我在家中聽著 Los Indios Tabajar 的《Always In My Heart》時，2317 室的婦人走過來，希望我幫她檢查一下壞了的水龍頭。於是我又到 2317，和她在床上幹了一回。那婦人說家裡並沒有幸福這東西。

第三晚，1808 的女孩子說不懂如何計算或然率和微積分。於是我又到 1808 和她幹了一次。女孩本身也很想得到幸福，希望我能分一點給她。

如是者，我用公餘時間進行的幸福調查，不知不覺已進行了三個月。

904、1107、2019……大廈中幾乎每個單位都調查過，但結果實在教人失望。幸福就像刻意要迴避我似的，而女朋友卻不斷要求我給她幸福。

看來需要把調查的範圍擴大。

晚上，夢裡的小矮人問我：「在找東西嗎？」

「是的，你可以告訴我應該到哪裡找嗎？」

「不用到處尋找啊，幸福一直就放於你的床下。」說完小矮人便跳起探戈舞來。

當我醒來，床下真的多了一個皮箱，上面裝了一把鎖。它為什麼在我的床下，我實在不知道。因為我從來都不會去查看床底的。但皮箱佈滿了塵埃，我想它大概已放在那裡好一段日子了。於是我馬上打電話告訴女朋友。她要求我明天就將皮箱拿給她。

可是第二天我告訴她：「對不起，那傢伙實在太重了，我怎樣也拿不動。」

從此我和女朋友就分了手，但我相信我的調查工作仍會持續一段頗長的日子。

幸福皮箱的新主人

Kenny G的〈Forever in Love〉是很適合在晚上播放的。特別是在星期二，還有點餓餓的夜晚。

於是我煮了一個泡麵，一面吃一面聽。當Kenny G吹奏到最後的一個音時，門鈴就響起來。

男的。

雖然我不打算再訂購任何雜誌，但我仍希望會是個女孩子。

「抱歉打擾了你，但我是她的男朋友。嗯，可以進來嗎？」那男的說。

我讓他進來。

和她分手也不過一個月，她已找到了一個新男友。當然，她本來就是那類在任何地方都會找到男友的女孩。他看來比我大一、兩歲，樣子也算得上俊俏，但就是脫不了那股孩子氣。

「前輩……我可以這樣稱呼你嗎？」他問。

「這個也可以。」不過我覺得總是有點怪。「喝些什麼？」

「白開水。」

「沒有白開水，啤酒好嗎？」

「也好。」

我給他一罐啤酒。

「前輩，本來我不應該來麻煩你，但實在沒有辦法。」他說，「我找過了很多地方，但怎樣也無法找到幸福給她。」

過去她也曾要求我給她找幸福，於是我四處尋覓。但也沒有結果。最後，夢中的小矮人告訴我，那幸福就藏在我的床下。當我醒來時，床下真的多了一個皮箱，我本來是想拿給她的，可是那皮箱實在太重，我怎樣也搬不動，我們也因此而分了手。

「前輩，我真是逼不得已才來找你。你可以把那皮箱讓給我嗎？」他問。
「沒問題，反正在這裡也只是放著。但那東西實在是很重的。」
「我準備了一架手推車。」他指給我看。為什麼我從來也沒想過用手推車呢？
我帶他到我的睡房，皮箱仍放在床下。他蹲下身，伸手進床下面，竟然一手就把皮箱拉出來，跟著輕鬆地提起皮箱。那皮箱在他手中，輕得像裡面完全空著一樣。
「似乎也不是太重。」他說。「這手推車用不著了，就送給你吧。」
「好的。你知道在哪裡乘車嗎？」
「嗯，知道。今天非常感激你。」
「別客氣。再見。」
「再見。」
於是他走了，我也再沒有幸福。只剩下手推車和半碗涼了的泡麵。

下午・Los Indios・海豚的背及其他

曾經有一段時間，很想到別的地方。

開普敦也好，哈瓦那也好。什麼樣的地方也無所謂，只要是隨便世界中的隨便土地就可以了。可是當到了以後應幹些什麼呢？這倒沒有認真思考過，也沒有一點特別的概念。

要是去了，就不會感到無聊。

我相信是這樣。

當一九五七年，兩個年青印第安人從巴西來到美國 RCA 勝利唱片公司，灌錄了他們第一張名為《Sweet And Savage》的唱片。那時他們還是寂寂無名，和一八一零年的印第安族沒有多大分別。

直到一九六三年的夏天，紐約 WHEW 電台的監製細・金丁，正頭痛著替一早晨節目找一段約三十到四十秒的過場音樂。他無意中在存放唱片的櫃裡找到這張唱片，就選了其中一曲作為節目音樂。聽眾們聽過後紛紛去信電台，詢問這曲的來源。唱片公司於是便把它重新包裝發行。推出後迅速打上全美國各城市的音樂流行榜。而唱片公司的負責人那時正焦急地大喊著：「快找那兩個印第安人回來。」

這是 Los Indios 的歷史。

我坐在冷氣巴士裡的最後一排，那是一大塊的密封玻璃，玻璃隔絕了外界的聲音，讓巴士和下午陽光在毫不相干下行駛著。巴士不會理會下午，正如下午也懶得看巴士一眼。於是彼此就繼續前進。

巴士到它的終站，下午到它的黃昏，夜晚。

車廂中正播放著〈Always In My Heart〉，那是 Los Indios 的名曲。這已經是很久以前的事。

聽年老樂隊的曲其實是相當感傷的，當時光流逝，我們就在某個夏天的黃昏裡，杜賓狗懶洋洋地躺在安樂椅的旁邊，而牆上就貼了一張發黃，帶些摺痕的《沙漠梟雄》（Lawrence of Arabia）（編按：台譯《阿拉伯的勞倫斯》）電影海報。

聽年老樂隊的曲就是這樣的一回事。

那些還給她的小說，共有七、八本。可是實際上她借給我的小說並不只七、八本，有些還分了上、下冊，可是能夠找出來的就只有這些。

小說的名稱一個也想不起來。那時她時常向我推薦一些小說，還會借給我看，但每次當我接過後就會隨便地放在一旁。有時在抽屜裡，有時在畫桌上。記得有一個晚上，當我怎樣也睡不著的時候，會隨手拿一本來看。但不知怎樣，每次看了兩行後就再也不想看下去。

「真的一頁都沒有看完的嗎？」她問我。

「嗯哼。」

我點起了一根 Mild Seven 香煙。她看來像一隻疲倦的波斯貓。

「工作很忙吧？」

「嗯哼。」她點點頭。「最近我們那邊接了一項大工程，所以開了數晚的通宵。」

我聳聳肩，沒有再說什麼。

可能由於現在是上班時間，咖啡店中的客人並不多。和落地玻璃外的行人道對比起來，咖啡室就有如一座從北極飄進了大西洋的巨型冰山，我把侍應喚了過來，要了一杯熱咖啡和一個煙灰缸，她則點了凍檸檬茶。

「難道看一下真的很艱難嗎？」

「不想幹的事就不去辦，用不著要勉強啊。」

「當然呀。」她帶著一份譏諷的眼光笑著回應。「你不想幹的事，誰都不能逼你去幹啊。」

「這是我的原則。」

「如果可以的話，你總是希望全世界都去遷就你的『原則』。」

「我並沒有這樣說過。」

「但你是這樣想。」

「我沒有。」

「你知不知道，」她淡淡地說。「你很自私。」

這時侍應送來了咖啡和檸檬茶。我的右手拿著香煙，身體側靠著椅背，眼睛隔著桌子凝望她。

她將雙手合上放在桌上，而視線就盯著那杯凍檸檬茶，好像祈望杯中會產生什麼變化似的。

「你很自私。」她又重複了一遍。

我沒有回答，只是看著她。

「原則今後大概也不會改的吧。對不對？」過了一會她又說。她一直也沒有抬起頭來，彷彿她並不是以我為說話的對象，而是向那杯凍的檸檬茶提出問題似的。

「大概是。」我撥著頭上的亂髮。「會改變的就稱不上做原則吧。」

「嗯哼。」她深吸了一口氣。「但不管怎樣，這都已經和我無關。」

對，或許由她那次發覺了我跟她的妹妹睡覺後，這都變得和她再沒一點關係。最後她問了我這樣的一個問題。

「有件事我知道已經不重要。」她說。「但我想搞清楚。」

「嗯？」

「就是過去的日子──我跟你一起的日子，你到底曾跟多少個女孩子上床？」

「嗯哼。」

「多少個？」

「我想不起來。」

「算了吧。」她嘆了一口氣，然後微笑地說。「再見。」

「再見。」

關於《Always In My Heart》唱片封套上的介紹，最後的一句是這樣說的：

You will listen to it for many years.

那麼，到底我聽了多久？

自從一九八九年的夏天，我便開始聽這音樂。而當兩分二十八秒的時間流逝後，我就來到了一九九四年的春天。

感覺就是這樣。

歌曲的名稱實在很不適合翻譯，因為如果把它譯成《常在我心》之類，那雖然意思是一致，但就像一個腐爛的溫室蘋果一樣，表面沒有任何痕跡，可是蟲就確實在裡面。

在聽唱片之餘，五年前的我和今日的我倒有了不少變化。最低限度我已經轉了工作學校，讀了馬奎斯的《百年孤寂》和撫摸過海豚的背。

「海豚的背？」

每次當我說起這事時，那些在酒吧中認識的女孩就總是會用奇異的目光盯著我。我就像幹了一件很不可思議的事似的。我老是不明白為什麼會這樣，那並不是很特別的事，和到便利店買薄荷煙，早上烤吐司根本沒有分別。

「你真的摸過海豚的背嗎？」

「嗯哼，是啊。」

「那為什麼要摸呀？」

「大概是因為好奇。」我說。「我自己也不大清楚。」

「噢。」

那是前年夏天的事，我到了香港的海洋公園，當海豚表演的節目完畢後，海豚就會自己游回休息的水池中。我乘著看守的職員不留神，偷偷爬過了鐵欄，走到水池旁邊。等待海豚游上了水面，然後小心地用手輕撫牠的背。

「右手還是左手？」

「什麼？」

「是右手還是左手啊？你總得用一隻手去撫摸牠啊。」

「右手。」

「那感覺怎樣？」

「比起想像中要結實得多。」我說。

「那就是說，你本身是認為海豚的背應該是軟綿綿的囉？」

「是，一直都認為是這樣。」我點點頭。

「為什麼會這樣想？」

「不知道。」

「是不是曾在某些雜誌或百科全書中，看到海豚的背是軟綿綿的說法，所以才相信呢？」

「可不是這樣，只是自己本身一直也認為應該是軟綿綿的？」

「那麼，當你摸過牠後是否很失望？」

「有一點。」我說。

「嗯哼，一定是很失望啊。」

「為什麼？」

「換了是我也會呀，一直相信海豚的背是軟綿綿的，可是撫摸了後才發覺完全是兩回事。」女孩子們都是這樣的說。「一定會很失望啊。」

下午收到一張朋友由墨爾本寄來的明信片，寫著的全是問候祝福之類的客套話，而背面就印著歌劇院和袋鼠。

典型的澳洲明信片。

我把它夾進記事簿的最後一頁。我打開冰箱，裡面只剩下兩包泡麵。我想很少人有過在冰箱中發現剩下最後兩包泡麵時的感受，那就像看到一副棺木裝上了冷氣機一樣。

我煮了一鍋水，跟著燃點起一根YSL香煙（那包Mild Seven已經吃光，而便利店又剛好缺貨，所以就轉了牌子），看著鍋裡的水，心裡想起了有關海豚背部的事。

我真的很失望嗎？

第一次收到電話，是在三時十分。當鍋裡的水正湍急地翻騰著的時候，電話就叮嚀叮嚀地響起來，鈴聲透過了空氣，充塞於整個下午的房間中。於是我放下了手中的泡麵，走過去接聽電話。

「喂。」我說。

那邊並沒有回應。只是發出咔噠咔噠的聲音，就像接收不清的電台廣播，我叫了多聲，可是那邊仍是咔噠咔噠地響著。

大概過了十秒後，電話就掛了線。

我回到餐桌，一面抽煙，一面吃著那兩個已經煮至分不開來的泡麵。雖然有些不自然，但我仍習慣一面吃東西一面抽煙。當吃至一半的時候，電話又再次響起來。我還趕不及接聽，鈴聲又停止了。

我不知道電話是由誰打來的，也不想去猜，因為這差不多是無可能猜中的。我只是想，這來電對我來說或許隱藏了某種特殊的意義，但在這個可能性存在的同時，也不能忽略了與它相對的可能。

只不過是一個撥錯了的電話。

隨便世界中的隨便撥錯電話。

曾經聽過這樣的一個故事。

在一座長年冰封的雪山上，有一個冰洞，那裡躺著一具老虎的屍體，沒有人知道牠是從哪裡來，也沒有人知道牠為何會到雪山之上。

而關於這事，海明威在《雪山盟》中有相當詳細的描述，大概海明威對這類事情也有癖好罷，不管怎樣。他認為那老虎原本是住在森林之中，和其他的同伴一起生活。直至某一天，老虎突然嗅到了一股味道，那是一種牠從來都沒有聞過的特殊氣味，老虎決定找尋這股氣味的來源，於是便離開了森林，離開了同伴，獨個兒攀山越嶺的找呀找，最後就來到了這雪山，凍死在山洞之中。

老虎在臨死時才發現，原來那股氣味一直是發自牠自己的身體。

唱機又播放著 Percy Sledge 在一九六六年所唱的〈When A Man Loves A Woman〉。從窗外吹進來的微風，帶著一份夕陽的氣味。令屋內的東西也受到感染。床單、搭在桌上的灰色毛冷外套，椅子全都有著夕陽的味道。

地球仍是持續不斷地自轉、公轉，潮汐漲退，日落日出，這大概是無休止吧，起碼在未來的五十萬年內不會。而那個借小說給我的女孩子，正在黑暗之中吻著一張我不認識的嘴巴，跟著是脖子、肩膀、胸口，然後到那深色的陰莖。

彼此還是不認識的好。

香煙快將燒盡，我記不清曾經和多少個女孩子睡覺。五年的日子流逝了，這是個事實。誰也追不了的，因為已經成為過去了。但是這五年對我來說，就像晚上空著肚子看電視連續劇一樣，故事是看過了，但當完結時，自己就嗯的一聲，跟著什麼也記不起來。

這五年，我到底在幹著些什麼？

一九九四年三月，某個下午的四時三十分，我躺在床上抽煙。

電話又再次響起來。

我抬頭看著桌上的電話。一直凝視著它。

歡樂今宵

每個人在拍拖的時候，都像是在做一場《歡樂今宵》（編按：香港無線電視的長壽綜藝節目）。我們總是擁有幾段值得講述的有趣往事，男生可能擁有幾個熟練的小戲法，在卡拉ＯＫ表演一下拿手歌曲，或一直等機會，要在燒烤時表演三分鐘燃點燒烤爐大法；女生可能是表演一段鋼琴，或在迪斯可內展現一下長腿舞姿。

但要是我們長期觀察一個人的人生戀愛史，你將發現人在每次拍拖初期，於對象面前表演的劇目，每次其實都是大同小異。當你所有的童年逸事和笑話都說過了，舊照片也已經都看過幾遍，準備的節目內容都已做過後，你還能在對方面前做什麼？劇目可以做多久，其實因人而異，有人可以做上年半，有人則只有三個月，更甚的可能像有線娛樂新聞台一樣，沒到半小時就要不停 re-run。

發展新劇目嗎？可以。但發展速度往往不夠觀眾要求的快，最後觀眾開始感到沉悶，同樣，節目表演者亦然。於是我們嘗試去找尋新的觀眾，欣賞這個相同的劇目。有時候，表演者可能幸運地找上一個觀眾，邀請他一同上台，互動發展出新的環節，這樣演出就能有新的火花。要不然就自然趨於平淡。所有表演者都一樣，渴望觀眾在看時鼓掌讚賞。當然有些人在連續聽上十次同一笑話，仍然可以笑破肚皮，但大部分人都會變得麻木。

生命中的戀愛，就是這樣表演與欣賞綜藝節目的過程。老一派的人總認為，現代愛情沒有了過去那樣的海枯石爛。我想，這是與城市人的生活節奏轉快有關。在過去的粵劇，同一劇目可不停重做，觀眾還是願意入場，每逢什麼大節日，大家還是願意進去看一場《武松打虎》。只是今天大家手中拿著遙控器，稍有三秒不如意就已經轉台。愛情沒有分高低，只是世界的速度變了，對轉換劇目速度的冀望有所改變。

畢竟，《歡樂今宵》這長壽節目，也早已停播多時了。

陸沉的一九八九

任何人面對著那風，都會顯得像個傻瓜。

這是一九八九年秋天的事。

無論是伍迪艾倫、愛因斯坦、詹姆士迪恩、巴爾札克還是雷根，誰也不會例外。雖然不是他們親身告訴我，但我就老是有這種感覺。

一樣的傻瓜。

這感覺好像一直也存在著，就像榕樹底部粗壯的根，牢牢地纏著了記憶深層似的。

一九八九年的秋天就是這種種感覺。

但話說回來，到底我遇上那風是在什麼時候、什麼地方呢？我實在怎樣也想不起來。而至於我到底被那風吹了多少次？吹了多久？我也無法準確說出，我想大概有三、四次吧。對！是三、四次。因為有時覺得被那風吹上三、四次，對於一個十九歲少年來說，應該是一件相當合適的事。

黃昏的我躺在家中的沙發，面對著眼前的牆壁發呆。牆和我距離五呎，上面貼著顏色對比強烈的抽象圖案，像打翻了幾支 Acrylic 的壓克力顏料。圖案每隔五十公分左右就重複一次。夕陽的餘暉微微地滲透在空氣的粒子與粒子之間，變成了火機用的汽油。而且有著一陣叫人頭腦老是空白、昏昏欲睡的能力。

那時我就讀的一間私立學院。只要交足了學費，誰都不會在乎你上課與否，反正是你自己的事。而我每星期就總是有一、兩天會不上課，也不幹什麼，只是呆在家中的沙發。對著牆壁，在重複而又無多大連貫性的抽象牆紙上，找尋一些面孔——或者類似面孔之類的東西。但記憶裡就好像從未試過找到面孔，倒試過找到一隻蝸牛。但當一開燈，蝸牛影像就不知到哪裡去。

這樣的日子，在某程度上類似女性的月事。

但說到底，這種所謂影像，也只不過是出於純粹主觀性的聯想，一廂情願又沒有什麼根據可言。要是真的由女性的朋友告訴我：喂，你這種日子好像女人的月事啊。我想我會跑往森林去睡覺。

一九八九年秋天，我過著類似月事的日子，渴睡女孩來到我家。

到了現在，我始終也不知道女孩的名字，當然那時就更不會知道吧。渴睡女孩並不是我的同班同學，也不是我任何朋友的妹妹，更不曾在什麼研討會之類的場合碰個面，但一九八九年秋天，她確實是到了我家來。

那年的秋天很特別，和其他年份的秋天不同。人們正忙著各式和各樣的運動和追悼會。我夾雜在人潮之中，像浮游生物般盲目飄浮，不知身在哪裡，也不知應到哪裡，而當人群大唱著〈血染的風采〉時，我轉入了街角的電影院，看了一部二流的本地電影。跟著伸手進坐在旁邊女同學的裙子裡。

那年的秋天大約就是這樣。

關於渴睡女孩的一切，我從來都沒有過問。我並不是那種所有事情都漠不關心的人，但對於她多少歲、讀哪一間中學、為什麼會有我家的門匙呀、父母入息稅的免稅額呀之類的問題，我一個也沒有問過，而她也未曾提起。大家像預先取得了一個默契，就是對於有關渴睡女孩的身世不去過問似的。

這天照往常一般，一般的下午，我一般的呆坐在這一般的家中，渴睡女孩就用那一般的鎖匙開了我家那一般的大門，無聲無息地就來到我前面。

「嗯，來了啊。」

「是呀。」她總是這樣一般地回應。

我不打算詳細地描述渴睡女孩的外表，因為她並不是可以描述出來的那種女孩，但更重要的是我怎樣也沒法把她準確地描述出來，我嘗試過很多次，但都不成功，在我記憶的深淵之中，渴睡女孩就像一張對焦不準的貓照片。

一雙眼睛很大的貓。

就這樣，我們在家裡一面聽著 Kenny G〈Songbird〉，一面玩拼圖，那是五千塊的紐約夜景拼圖，帶著淡紫色的夜色一直向外伸展，變成了無限的黑暗，包容了紐約，也包容了拼圖。

我家是做拼圖生意的。

但渴睡女孩似乎就只鍾情於紐約夜景，其他如瑪麗蓮夢露、大峽谷、加菲貓等，她連碰都沒有碰過一下，每次都是玩紐約夜景。我常常奇怪她有這樣的能耐。

「為什麼老是要弄這個？」我曾經問過她類似的問題。

「其實關於這個……」她反射地撥弄一下頭髮：「我想是受了心理上某種情意結所驅使。」

「好學術性的說法。」

「嗯哼。」

「嗯。那你認為這個情意結是在於紐約，還是夜空？」

渴睡女孩又想了片刻：「我想大概會是夜空啊。因為天空是連貫的，只不過在不同的時候，不同的地點，以不同的特定形式出現吧。」

「嗯。」我點點頭。

於是我們還是沉默下來，她繼續那未完成的拼圖。

「我還沒有到過紐約。」過了一會，她喃喃地道。

「我也是。」

她每次都努力地拼呀拼呀拼呀拼，遇到找不著頭緒的時候，渴睡女孩會咬咬手指，或者輕輕打我一下，我一直坐在旁邊陪她玩。等到她玩倦了伏在沙發睡下後，我就替她繼續拼下去。渴睡女孩就是這樣，簡直可稱得上是她的專門技能。只要給她一個地方，什麼樣也沒關係，只要有一個地方就可以了，她就能伏下熟睡，而且是熟得會做夢、流口水的那一種。另外，她又和我這種需要很費勁才能入睡的人不同。她只要一伏下，嗯！這樣一聲地就可以睡下來。

對我而言，要完成一個已經拼了超過二百次的拼圖並不是一件困難的事，反而有些無聊得發慌，就像職業球員被逼轉打業餘賽事，但因為沒有其他的事情可做，於是我還得要拼下去。

我先挑出了那些重要的接駁部分，將一小組一小組已拼成的拼圖串連起來。然後沿著接口，根據建築物的特點向外伸展，直至觸及邊緣。

紐約夜景，僅此而已。

每次當渴睡女孩醒來時，已經是紅茶似的黃昏。而我就會躺在沙發上喝啤酒。

「嗯，醒了？」

「唔……」渴睡女孩無力地點頭，右手在擦著眼睛，似乎還未能適應屋裡的黑暗。

「已經完成了。在那邊。」我喝下一口啤酒，跟著用手指著那張紐約夜景。拼圖就放在牆角那素描用的大畫板上。

渴睡女孩並沒有完全地站起來，只是跪在地板上，用那侏儒似的步伐，搖搖晃晃地走近牆腳。我滿不在乎地喝下了最後一口啤酒，看著她的侏儒步法。

她走近牆腳。稍斜地舉起了畫板，用鯧魚一樣的眼神注視著紐約的夜空，大約有五、六秒左右。一切恍如被固定下來，吸進了漫無邊際的後方。列車也因為前面月台的列車尚未開出而稍作停留，駕駛員雖然已作出最公式化的中英文道歉，但那不便之處也實在叫當中乘客鼓噪起來。

「咳……」渴睡女孩連忙清了一下喉嚨，調整了聲音，於是我又被拖回黃昏的沙發上。列車也無聲無息地前進。

跟著她伸直手，站起來。垂直了畫板，於是紐約市就迅速滑下，在空中分解，像七、八月的驟雨。不怎麼久，便一大堆一大堆地落下來。拼圖散落在地板上。

「何不多看一會，還是剛剛完成的。」我點了一根 Mild Seven。拼圖還沾著剛才的手汗。

「藝術最重要是在於過程，成果反而只是一個次要的附屬品。」渴睡女孩的語氣，倒像一個年老的戲劇學院院長對新生的演講詞。關於這類講詞，相信院長已經練習過許多次。

「嗯，這個論點不對呀，因為你在你所謂重要的時候睡著了。」

「這個嘛。」渴睡女孩傻笑起來：「只要醒來已經完成了就可以呀。」

「所有事情也總得要過去。」她嘀咕。

我點點頭。

渴睡女孩喜歡把這些日子稱為「拼圖下午」。

無聊不斷地重複是印證時間流逝的最有效方法。在一九八九年秋天，我們在不斷重複地玩紐約夜景拼圖的同時，而時間就確實在不自然地流動著，不自然得連我也感受得到。可是，事情有了開始，就好歹都總要有個結束。

「拼圖下午」自然也不會例外。

那個下午，當她如常地在沉靜內向的黃昏中睡醒過來，她主動提出去看一下大象。

「去看看牠吧。牠蠻孤獨的啊。」

我也很同意，於是就一起去看大象。

黃昏的動物園似乎對都市人來說沒有多大的魅力，除了幾個博物館的老伯和管理員外，動物園就只有動物和黃昏。

黃昏的動物園。

大象是動物園中最大的動物，所以要找牠其實並不困難。可是就有點傷悲，自從大象伴侶死了後，大象就獨自地在這黃昏動物園中活了七年。連耳朵也開始腐爛。

我們買了專用來餵飼大象的蔬果包，裡面有兩條蘋果條、一雙過熟的香蕉和五個紅蘿蔔。渴睡女孩拿了紅蘿蔔，而我拿了香蕉和蘋果。然後大家就輪流把蔬果送往大象的長鼻。

我們並沒有要求大象叩頭或者「請請」，這未免太可憐了。我們只是純粹把食物送進象鼻。

「我得要走了。」當送出了最後一條紅蘿蔔的時候，女孩這樣說。

「要往哪裡？」

「還不知道。但就總是非走不可的。你，願和我一起嗎？」

她的視線一直盯著大象。大象正努力地用鼻子吸起剛才掉了的蘋果條。

「我不知該怎樣說。但只是，你為什麼要非走不可？」

「因為這裡將要下沉。」渴睡女孩面上沒有表情，就像要告訴我家中的啤酒都喝光了，要到便利店買那樣平淡。

「土地快將會下沉，一切的事物都被海水淹沒。人、街道、電影院，所有所有都要被埋在海底。再沒有什麼值得留戀。我不懂游泳，當然是非走不可。但是……」渴睡女孩望著大象，欲言又止。「不過在這個年頭，懂得游泳也幫不上什麼忙。」

「這個……可是，這事你是從哪裡聽到的？」我問她。

「是那風。那陣風告訴我的。」

「啊……」我呆了一會，因為我從沒有對任何人提過關於那風的事。

「別要覺得那麼奇怪。」渴睡女孩微笑地揉弄著她那把長髮，似乎看穿了我所想。「其實原本我和你的世界早就是相連的呀，我和你也經常是在一起。你能感受到那風，我當然也能感受到啊。正如你擁有你家的門匙，我也能擁有。這道理是一樣啊。」

雖然我不能夠完全明瞭其意思，但似乎也開始明白了一點。

「可是，其他的人也能感受到那風的嗎？」

「當然不是人人可以感受到的。」

「每個人也有各自所屬的世界，你父母屬於你父母的世界，其他的人又有其他的人的世界。各有不同的。我和你，就是屬於我和你的世界。而那風，就只會在我倆的世界中出現。」

「那我遇上你，是否和風有什麼的關連？」

「這個並不太重要啊。」她說。「問題在於……一個好的開始，是否暗示了含有一個糟糕的結束？」

不知道。

「土地真的要下沉了。」她又重複說了一次。

「可是，」我猶疑了一會，「現在我們一走，說到底是有些不負責任啊。」我實在不能遺棄我的家人和朋友。

「嗯。」渴睡女孩也點點頭。「關於這個，其實我也想了很久，但始終也找不到一個很好的辦法啊。」

於是我們又沉默下來，看著大象。

一九八九年的秋天，黃昏的動物園。除了沒有配樂外，這裡真的很像某部電影中的場面。

「不管怎樣，我們也得要為這事想點辦法呀。」我說。

「嗯哼。」

我不排除這裡真的是個電影場面的可能。

* * *

叮嚀叮嚀叮嚀。

「喂。」

「喂。」

「嗯，他媽的。」

他才五十出頭，在報館處是當編輯，一間相當大的報館，而他的職位在公司裡也有一定的決策權，於是我就打電話給他。我們是在酒吧中認識的，我告訴他有些事得想請他幫忙，但又不方便在電話中說明，於是他就約我在翌日的中午到他的辦公室。

那家報館我也去過了幾次，那裡有點像假期前夕的機場，光管燈箱的強光逼退了無聊感，一進來後整個人的血液流動也會活躍起來。人們不是在伏案疾書，就是抱著稿件趕往植字房。人人都有著做不完的工作，電話也響個不停，我老是懷疑如果有一天，《黑色星期五》（Friday the 13th）（編按：台譯《十三號星期五》）中的傑森帶著他那殘舊不堪，又染滿泥濘血跡的曲棍球面具，手執著他慣用的利斧，站在這些人當中，不知會引起什麼反應。

或者到底能不能引起反應。

我們進了報館的編輯部，那裡像一條長長的行人隧道，兩邊各擺有一行平行的辦公桌，桌後的文件櫃每個也總堆滿了一大堆的文件。我們一直向前走，他的辦公室就在走廊的盡頭。

但與其說是一個辦公室，倒不如說是個亂葬崗來得貼切。辦公桌給那些原稿紙和 fax 完全佔據了，在旁的書架塞滿了各式各類的書籍，當中放有一套四冊的《史記》，左邊是《圖解汽車引擎維修法》，而右邊就是《傅科擺》，地毯上還有一本《實用英語文法》。

「嗯，來了。」他一面低頭看著剛剛收到的 fax 稿，一面和我打招呼。

「是啊。」我反射地回看了走廊一眼，其實並沒有這個必要。「這裡也挺忙噢。」

「這嘛，沒辦法呀，現在是截稿時間。」

「會妨礙你嗎？」

「那裡，那裡……」

「嗯。」編輯朋友抬頭看著渴睡女孩，臉部就擠出了牙膏廣告似的笑容，等待著我來介紹。

我也實在不知應該怎樣說。我從沒有對友人提及過有關渴睡女孩的事，因為我斷不能告訴他們：喂，我不認識她的，但這傢伙不知怎樣拿了我家的門匙。於是就來了我家玩拼圖。

我想連老鼠也不會相信，只玩拼圖。

「我是他的表妹啊。」渴睡女孩似乎知道了我無奈，於是就作出了這樣的自我介紹。

「嗯。」

「上星期剛從澳洲回來的。」渴睡女孩又好像看穿了編輯朋友的疑惑，於是迅速又謹慎地追加了一句。

「怪不得這傢伙從沒有在我們面前提起過你，原來有個這般漂亮的表妹啊。」

「那裡，別說傻話吧。」我連忙替這話題打完場。跟著就把陸沉的事告訴他。但我並沒有說出其實一切都是由那風告訴我們的。因為這事實在已經不可思議到連我也無法相信的地步。要是真的連那風的事也說出來，想必誰也無法相信啊。因此我只推說是我表妹擁有著一種能預知未來的能力。而且從小就相當準確，說家裡將會被竊就真的有小偷光顧，說我父親會生病就真的得了肝炎，一次都沒有錯過。

當我把事情告訴他，問他能否替我們做一段有關陸沉的文章時，編輯朋友沉吟了大約吃半包中著條的時間，跟著就從西裝口袋中取出一包摺皺了的 Camel 香煙。

「不，謝謝。」我謝絕了他給我的煙。

他把煙順便地在桌上頓了頓，在稿件下面找了打火機，點上了香煙。我和渴睡女孩一直看著他的煙。

「說實話啊。」編輯朋友終於開口。「我和你雖然是朋友，但這裡的情況你也應該會很清楚。站在報社的立場，我實在很難……」

「但這事實是千真萬確的。土地要沉下去，而且不會是很久的事。」

渴睡女孩焦急地反駁，顯得有點激動。

「不，小姐。」編輯朋友用那溫和的語氣回應。「請先不要這樣啊。我和你的表哥本是好朋友，如果可以的話，我必定會盡力幫忙的。」

「但你先要明白，站在報館的立場，我們必須對讀者和所作出的報導負責。現在這個混亂的時候，小小的消息也可能引起人心不穩定。」

「但這事是關乎大家的安危。」

「可是，隨便地發報了這類消息，引起了社會混亂，就是極不負責任啊。」

「所以，除非有些實際的證據，否則這事我實在很難替你們辦到。」

「什麼，實際的證據……」

「例如像一些天文台的氣象數據。如果有了這些去支持你所預言陸沉之事的話。那麼，讀者也應該會想知道這事，而且可信性會高一點。」

「嗯。」

「唔……」編輯朋友沉思了一會，又放下手裡將要燒盡的香煙，「這樣吧，如果能取得實際有關的資料證據的話，我也可以想想法子替你們做個專題報導。」我和渴睡女孩多謝編輯的幫忙，在報館資料室拿了天文台的電話後，跟著便離開了。

首先和我們接洽的是聲線穩重的天文台科學主任，當我們告訴他有關我們有一個陸沉的消息時，那中年的主任答應可以安排我們親身和局長會面。

時間是十一月二十二日的上午十時。

從放下電話到往天文台的日子，在這整整三天的時間，我們一直埋首於圖書館當中，搜集一些過往有關陸沉的資料：例如黑海的蘇呼米海灣古城、荷蘭下沉、一六九二年牙買加島地震等。雖然不知道這些資料對於一九八九年秋天的陸沉有什麼幫助。

但更重要的，我心裡又想著另一個問題。其實從頭到尾，有關陸沉的事都是渴睡女孩告訴我，除此之外自己就根本連聽也沒有聽過。是，我是遇過那風，而那風又確實是很特別，這些我都知道，可是它除了令我感到自己像個傻瓜外，就什麼也沒有告訴我。

為什麼我要對陸沉的事深信不疑？不知道。

除了她以外，我再也找不到任何一個理由。真的不知道。

天文台位於偏遠郊區的山區。因為在山頂，所以從很遠就已經能看到。藏著了望遠鏡的半球形小塔，連起了後面一座兩層高的平房，那裡應該就是天文台的辦公室。外型相當優雅。整體就像一隻蹲伏在綠丘上的白色波斯貓。在計程車上，司機不斷埋怨要來這種偏遠的郊區。

「光是回程的汽油就要賠本啦。」他總是不停地說。

我明白到他只是在發點牢騷，而並不是要求我們作出任何的補償。因此我也沒有說話。收音機正播放著 Los Indios 的〈Always In My Heart〉。我看著窗外，蕉樹、灌木和電線桿不斷在眼前湧現，但瞬即又向後倒退。而記憶並沒有因為它們的出現引起了任何變化，既沒有增加也沒有減少，數量和上一秒，再上一秒，甚至和下一秒相同。

「嗯，到了。」

計程車就停在小屋的前面，辦事處門外已經站著一個穿藍色西裝的職員在等我們，那是一隻成熟但又沒有多大個性可言的藍。我想他應該會是那天和我們接洽的科學主任。看樣子怎樣也至多像二十出頭，反而聲線就顯得年老得多。

「是你們啊。請進來，我們局長已經等了兩位很久啊。」

「嗯。」

我看著手錶，十時零七分，早上，十一月二十二日，一九八九年。比所約定的時間才遲了七分鐘，我不曉得他為什麼會將七分鐘稱為「很久」。但對於這問題並沒有追問，因為每個人的標準也有不同，反正說到底也是遲到。

「這邊，請跟我來。」

我們跟著他一起走，走過辦事處的大堂。這裡確實非常之大，在外面看就根本無法估計會有這般大的面積。我們走進了一條迴旋形的走廊，實在靜得可憐。那裡雖然有很多不知有什麼用途的房間，但除了那位中年的科學主任外，沿途就再沒有看到其他職員。

留意到渴睡女孩從上計程車到現在也沒有說過一句話，但眼睛就好像醞釀著過去並沒有的光芒，是一種難以形容的光芒，就像黑夜中在柏油公路上的貓眼石一樣，表面看似不怎麼樣，但視線一和它正面接觸時，人又會立刻轉開來迴避。

「啊，這邊。」中年人說。我們走到了迴旋形走廊的另一邊，那裡有一部升降機。

進入升降機，裡頭什麼也沒有，只得一個按鈕。當科學主任按了按鈕，升降機就嚓咔嚓咔地動起來。

我感到升降機並不是要升到二樓，而是不斷地在下降。

當升降機停下來後，門自動打開。前面又是一條很長的走廊。

「這邊來。」

這裡就像英國北部的煤礦地道，光線非常微弱，要相隔差不多五十步才有一支舊得發黃的光管，地上就滿是一灘一灘的積水，水彷彿是幾萬，甚至幾百萬年前就已經淌於此的。所有的聲音也被吸進了看不見盡頭的前方。

「從外面看真的沒有想過天文台會是這麼大。」我說。

「是啊。其實天文氣象是一門相當複雜的學問，外人從不明白。我們的而且確是需要很多的空間，去擺放那些龐大的電腦和儀器，因此，所有的天文台都會在下面挖些地下室。要不是這樣，你看呀，幹嘛所有的天文台都要建於郊區和山頂啊。」

「說的也是。」我微點了一下頭。我們還是一直繼續行。

四十五、四十六、四十七、四十八，又過了一支水管。

「到底在天文台的工作是怎樣的？過往我也曾想過要當天文工作啊。」其實我並不是真的想過要當天文工作，只不過為免跌入了靜止的深淵中，才隨手找來一個話題。

「不好啊，主要是大多數的人們對於天文台都缺乏支持。」

「嗯，那需要怎樣的支持？」

「唔，譬如天氣預測就是個好的例子。所有的人老是對我們所作的預測存在著一種相對性的懷疑態度。」

「那又有何不妥？」

「就是缺乏支持呀。」科學主任調整了一下聲調。「要知道，做每件事的先決條件就是要有信心。相信了，就會成功。相反，老是不信就永遠無法成功。」

「這麼的話，就是說你們每次預測下雨，得先要自己相信明天真的會下雨？」

「是呀。我們每次相信自己的預測。可是外人不信，就沒法下雨啊。」

「但是否下雨和信心有什麼關係啊？」我反問。

「不，就是這樣呀。形式上雖然略有不同，但基本上是一樣的。」

不明白。也沒有再問。

還是向前走。

「就是這裡。」

走廊盡頭是一條漆黑的長梯，比起走廊還要黑，根本就連一盞燈都沒有。要是在那裡伸出舌頭，舌頭馬上就要葬身於黑暗之中。

恍如從來都沒有舌頭存在。

「你不和我們下去嗎？」

「不。我是不可以下去的。最多也只能來到這兒。剩下的就得請你們自己走啊。」主任誠懇而且禮貌地說。

於是我和渴睡女孩就走下樓梯。她始終也沒有說一句話，但在漆黑之中，她的光芒就閃爍得更厲害。我跟在後面，用打火機照明。可是就根本無法辨別方向。一直往下走，最後來到了一道鐵門。那是一道舊得可以一碰即會塌下的鐵門。旁邊還有許多蜘蛛網，但就看不見蜘蛛。

我禮貌上敲了三下門。咚、咚、咚，聲音在黑暗中好像顯得分外響亮。

「嗯，請進來啊。」

門並沒有上鎖。當我們推門進去屋內，那裡實在比外面光得多了，像一片春天野餐的草地。

「你們終於都來了。」

屋內坐著的是一個日子將盡的老頭。但老頭看起上來面色就還要比我好啊。他站起身，滿面感激地慢慢走過來。

「要你久等，實在不好意思。」渴睡女孩終於開口說話，語氣有點似一位剛從軍校畢業的年輕女軍官。

老頭看了看我，走近女孩，輕撫渴睡女孩的長髮，然後搭著她的肩。

「那裡……都辛苦了你們啊，孩子……」老頭連聲音也抖起來，好像快就要哭出來似的。

「這是我們在這兩天裡……」我說著，一面把文件從背包裡拿出來。

「沒關係，都沒關係啦。只要來了就是。坐吧，先坐下再說吧。」老頭邀我們在沙發坐下。

「不用了，我想我們也不會逗留很久。」女孩說完，跟著又四處望了一望。

「對不起。」我說：「但我想問問，到底你是否早就知道我們會來的？」其實連我自己都不明白，但就總覺得是這樣。

「嗯，是呀。」他點點頭，一直在微笑。「這事我其實早就知道呀。但現在來了就已經沒關係了，沒關係，反正這裡有足夠的地方。你們可以安心地留下來吧。」

我拿出了香煙和打火機。嚓、嚓。一面望著地板一面抽煙。

「不。」渴睡女孩回頭向身後瞥了一眼，「謝謝你的好意。但這裡實在太靜了。」

老頭想了一會，「嗯，對，或許是吧。這裡也實在太靜了。可是也來了嘛，不如就此留下吧。」

「我也曾經想過，但來了看過後又覺得不太適合我。所以還是想走啊。」女孩說。

「那你想要到什麼的地方？」

「不知道。但也無所謂，只要不沉就可以啦。」

老頭想了想，似乎有點話想說，但最後還是沒有說下去。

「那麼好吧，既然是已經決定了的事情，就怎樣也不能勉強。」

「謝謝你。」渴睡女孩微笑起來。

「時候也差不多，我們也要走吧。」

我將煙掉在地上，用黑色的皮鞋尖踏熄它。

「好吧。」老局長點點頭。「再見。」

「再見。」我說。

計程車上，雨還是斷斷續續地下，像霧一樣，教人感到有些頭痛。

「決定了嗎？」我問她。

「唔。」她點點頭。

沉默。

「真的不和我一起去？」渴睡女孩問。

我想了想。「不，我始終也放不下家裡的人。」

「可以和他們同去啊。」

「不可能的，因為他們根本就不會相信陸沉的事。」

「那，你相信嗎？」她問。

「相信。」

「相信了，但又不走？」

「是啊。」我說。

「那又為什麼要信啊?」

「不知道,但就是相信了。」

「嗯。」

真的不知道。

計程車再次在空間中迅速移動,每一秒都在移動。但不知怎樣,我的心就總是想著黃昏的大象,正努力地用鼻子拾蔬果。

「真的有地方去嗎?」我問。

「唔,會有的,我想或許會往西面吧。」

「西面?」

「是啊。因為一直都想過要到西面去。」她說。

「嗯。」

「走了以後，你會不會想起我？」渴睡女孩這樣的問。

「當然會啊。」我點了口煙。「可是你不是說過我們的世界是相連的嗎？我會和你經常在一起啊。」

「是呀。」她甜甜的笑起來。

「先生，車裡是不能抽煙的。」計程車司機對著照後鏡說。

「嗯，對不起。」

嚓嚓嚓。

「那麼你呢？」我反問她。

「我呀？」渴睡女孩又想了想，「當然會啊。看不見你，恐怕我會睡不著的。」

「不，你會睡得著的。」

「真的？」

「當然是呀。」

渴睡女孩又再次笑起來。

「要不要帶那拼圖一起去?」我問她。

「嗯?」

「是啊,因為我想不到怎樣安置它。你走了後,我大概也不會再拼紐約夜景了。」

不僅紐約夜景,其他的拼圖也是。本來我就不是喜歡玩拼圖的那類人。

「不用了。」她說。「不能帶太多的東西。」

「嗯,是啊。」

就是這樣,渴睡女孩終於離開了我,也離開了一九八九年的秋天。

到了現在，陸地還沒有下沉。有關陸沉的事也再沒有人提起。不，根本就從沒有其他人提起過。人們一如往日一樣上班、工作，星期六就約朋友往卡拉ＯＫ。

而我，仍是一樣。每星期總是也有一兩天不去上課，在家中喝喝啤酒找面孔。我在往大嶼山的渡輪上把拼圖拋下海中。每當我在失眠的晚上，就總會想起那個正躺在海底某一處的紐約夜景。再也沒有遇上那風和渴睡女孩。偶爾在自慰時也會想起她。但感覺並沒有什麼特別。

「所有事情也總得要過去。」

人就是這樣，當日子一天一天地過去，剩下的，或者就只有片段和回憶。

一九八九年的秋天。

因為她，我會記著的。

鞋帶

在奧斯卡不斷從商業及藝術之間尋求協調的同時，我的鞋帶正一次接一次地鬆脫。

我不知怎樣告訴你，或許你會認為這並不是什麼，可是我卻不是這樣認為。

當我每一次鬆脫鞋帶的時候，我總是有著一種頭部被重擊後耳水不平衡的感覺。

我筆直地站在川流不息的人群當中向下望，我腳上的皮鞋鞋帶，就像摘掉了所有葡萄的青藤一樣散落於地上。

不論我如何地努力把鞋帶綁緊，它仍是不斷在重複地鬆脫，我感到一切並不在我的控制之下。

即使我和你的關係也是一樣。

我始終無法好好處理我們之間的事，當一個可能與另一個可能出現的同時，我根本無法掌握自己本身所需要的是什麼。

我甚至連兩條簡單的鞋帶也無法控制。

我就是這樣無法當一個男友。

我很希望你能給我一點時間，因為在過去的悠長歲月當中，我知道自己做錯了許多事，也傷害了許多人，但在不斷傷害別人的同時，我也傷害了自己。我需要一段時間去整理過去所發生的事，明白應該留下些什麼，或者去掉些什麼。

我已經陷入了越戰後期美軍的膠著和混亂狀態。

噢，說到這裡，鞋帶又鬆了。

我其實一直渴望做點事情，即使是再微不足道的也沒關係，只要能令你感到幸福就好了。你知道我有幾次差點忍不住在你面前哭著對你說：請告訴我怎樣能令你幸福好嗎？只要你說出來的，我就一定會滿足你，即使你叫我去跳海。

我想我們還是暫時不見面的好。

對不起，請你給我一點時間。

在鞋帶的事還未解決之前，我腦海仍是混亂一片。

我不是好情人

在這地方，談戀愛不容易，太多瑣事折騰，太少時間冷靜。

我們沒有一段長途車程，足夠讓我們培養情感，也許是交通太發達惹的禍。地鐵沒坐幾個站，就已趕著過對面月台轉車；維多利亞港的渡輪，沒有加速，可是航程卻越來越短。也許城市再大一點，有段 highway，我們比較能夠深入談話，結果屯門公路總是修路塞車，大煞風景。

然後每天充斥著各式各樣活動，公事的，私事的，賺錢的，社交的，從沒足夠時間細心玩味你的話語和身體。跟喜歡的人碰面，總是期待前一刻較為興奮，彷彿就像被魔術師請上舞台當助手，上台前一刻興奮莫名，只是站在水銀燈下，成為萬千寵愛在一身的焦點，卻也許不知道是自己太過興奮，還是在台上有點渾然忘我，一切總是過得太快。

因此愛情的感覺總需要靠保存下來，透過記下才能回味。

有時在想，當好情人並不只是你個人的問題，還有關係時間和空間，這個地方，大概較難培育出好情人。我從來都不是好情人，但我總希望我愛的人感到幸福。

CHAPTER.02

零零碎碎地溢出版面

大腦便秘

我想每個創作人最怕的，就是碰上大腦便秘。

剎那間你就卡在某個位置，好像大腦被分割為幾個完全不同的部分，一刻前思潮泉湧，另一刻就像《飛越瘋人院》（One Flew Over The Cuckoo's Nest）（台譯：《飛越杜鵑窩》）內剛被施行前額葉切除手術的傑克尼克遜（Jack Nicholson）一樣，視線只是定在空中的一個位置發呆。

大腦便秘有兩種層次，第一種是低層次的大腦便秘，那是剎那間真的想不到情節。這種便秘經常被有經驗的編劇嗤之以鼻，因為他們會告訴你，有水平的編劇，不需要靈感，只要有技巧就可以行文，因此這種是很低檔次和騙女生的仿波希米亞人說法，就是每天泡在咖啡店或二樓書室，說自己有個劇本或小說要寫，但還是沒有想出來的那一種。可是過了專業層次後，那種大腦便秘不代表你完全真的想不出點子來，只是想出來的方案，你都覺得不行，不想告訴別人。因此你在沒有想出突破性的點子時，不會隨便動筆，正如兩名高手過招，並不在於何時要動，而是每一步都在想著如何應對不動，不是不懂。

每一個編劇遇上大腦閉塞，都會有一套自己的應對方案。記得小時候，跟幾位老前輩編劇聊天，那時候電郵還沒有這麼流行，都是用原稿紙寫稿，寫完後一般都會用傳真機傳給導演。不少編劇遇上大腦便秘，各施各法，有人會一邊把舊稿件傳出去，一邊在紙張上左右拉動，讓它造成模糊的效果，然後告訴導演自己家的傳真機壞了。這樣的橋段本來甚好，只是用得多了，人家就會生氣。記得有個編劇重施故技，導演就說：「我現在馬上花二百元坐計程車來找你，要是我發現那稿件並不存在，我就馬上打你一頓，如何？」嚇得那個編劇下次不敢再用這招。更離譜的，聽過有人在一份舊稿上，在家中牆角找些螞蟻和牆灰來，塗在紙上，弄成模糊一遍傳出去。只是今時今日，有了電腦，大家就無法使出這樣的蠱惑。當然，香港也不處於地震帶，因此網絡中斷這個說法很少機會用得著。

過去在電視台，在想不出劇本時，就有人想出了一個有創意的撤退方法。因為一般劇本會上，無法提交可行點子時，通常會議都會無限延長，聽說曾有兩個編劇故意在上司面前裝作看對方不順眼，然後問對方幹嘛盯著自己，跟著初則口角，繼而說要到外面以打架分高下，跟著那兩位編劇就跑到外面裝作打架，然後再跑到電視台外面，結果就此去如黃鶴，逃去無蹤。我覺得他們倒不算是完全的大腦便秘，起碼他們想出了如此具創意的方法。

一般人問怎樣才會有靈感，不致大腦便秘，其實最好的靈感，總來自情緒的高低起伏。有經歷，自然會有感而發，當然愛情開始萌生時的心如鹿撞，和跟情人分手心痛欲裂時，總是創作的最好時機，可是我們不能常常經歷到，除非有些人為了創作，故意經常開始和結束戀愛，這樣，它本身也是種行為藝術。

很佩服電視台的一些女編劇，她們寫劇集，總是很按自己生活節奏去寫，寫一集劇，將它分成四個部分，每節十五分鐘，就正正是寫到每節播放廣告時段。每天早上送子女上學後，回家先寫一節，寫完後，剛好要出外買菜做飯，買完餸後再寫一節，接著女兒放學回來，便到廚房準備晚飯。吃完晚飯，安頓各人後，再寫一節。如是者，循環不息。作家史提芬・金（Stephen King）就每日堅持寫三千字，每年除了國慶聖誕感恩節三日休息外，日日如是。對我這種完全沒有定時寫作習慣的創作人來說，總是很嚮往這樣的「傳說」，渴望有天能夠做得到。正如渴望相信書展人山人海，代表香港閱讀風氣回歸一樣。

總是很害怕記者問如何尋找靈感，因為我覺得這問題好像很簡單，當然我可以跟你說，靈感來自生活這樣的場面話。只是說實話，連我自己都不知道。否則的話，就不會出現大腦便秘的創作斷層。靈感一詞，對創作人來說，總有點像鬼魂之說，談起來誠惶誠恐，每個人心底都會害怕，有天靈感突然枯竭，創作生命就此完結。

Overpaid & Underpaid

社會上覺得自己 underpaid 的人不少，但我最奇怪的，是有人總覺得身邊其他人被 overpaid，因而產生怨恨。

年青時曾在雜誌社工作，有個中年編輯經常向總編抱怨，說覺得公司在酬金方面 overpay 給其他同事。主編跟他說，你若覺得自己太辛苦要求加薪可以理解；只是公司給其他人多少薪金，不是你該要管轄的範圍（除非你隸屬會計部）。可是他的理念是：「他們給公司做了多少事？幹嘛有資格跟我拿相同的薪酬？」這個中年編輯分不清，公司不是他家族企業，錢剩下來，將來不會像遺產般給他繼承。

每個人對公司的價值，視乎他們跟公司的合作關係而成。只要付方覺得物有所值，旁人也不該說什麼，除非那是政府機構，要受大眾及傳媒監管。那個中年編輯後來甚至以辭職作要脅，要求公司對某些同事進行減薪，以示他的不滿。當然這鬧劇最後也不了了之，其實社會上從來沒有人能夠長期地被 overpaid，時間是最好證明。人家有否 overpaid，自己是否 underpaid，歲月自會讓你見證。

多年後，他認為 overpaid 的人，得到一個比當年更高的收入；而這位老向公司抱怨的中年編輯，卻於別家雜誌社因涉嫌性騷擾醜聞而被辭退，聽說現在還在失業中。

也許他就是覺得那家雜誌社實在過分 underpaid 他，所以才想多拿點額外的「員工福利」。

考驗

有些朋友很樂天，遇上失敗時，就會說：「這樣的失敗，是上天對我的一次考驗。」有時總不好意思告訴他，這未必是上天給你的失敗。這個失敗，可能來自你的過分自信，或是準備不足。

每次碰上這樣的事情，你該羨慕他的逆境EQ高，還是需直接點明，他對錯誤沒檢討。我們不能把生命中的每個錯誤，都推卸給上帝（無神論者就會把它推給命運、上天、世界、美帝……諸如此類）。無可否認，有些是飛來橫禍，但大部分時候，正如劉少奇對大躍進之評論：「三分天災，七分人禍。」我們何不老實面對，沒有大任降於閣下，因此上天亦無須勞你筋骨，餓你體膚。最重要是要明白今天的餓和勞，一定程度上是閣下降於自身。

有人會反駁，這樣的想法會過分悲觀。我總贊成悲觀一點較好，先把惡劣情況想通了，不會抱有不切實際的幻想，就能面對現實，踏實地去幹，反而會有點絕地逢生。大概這一代，人人都喜歡把問題推卸給別人，別人問題與我何干？這樣一旦找到了「真兇」，不管是人還是上天，只要有個目標，哪管能否改善，貼張通緝令，指責一下他就成。要改善嗎？要將真兇逮捕歸案嗎？沒關係。大概要到蓋棺定論那天，才發現沒有所謂什麼大任派給閣下呢。

高低估

很怕別人來問我：「某某跟你曾合作過，我正有一個計劃想起用他，你覺得他如何？」很怕作出這樣的評論，怕有時一字褒貶，誤了人家生死。即使和我合作無間，也難於大力唱好。畢竟人與人合作，每個人，甚至每次組合都不同，有時候能和我合作，並不代表也能跟你水乳交融；相反和我有磨擦，可能跟你則沒問題。因此我覺得作這類一字褒貶的評價，不夠中肯，特別對導演而言。

導演是整個創作的靈魂，電影拍出來，某一部門的瑕疵，觀眾不會，也不懂責怪，所有東西都由導演一力承擔，因此正如拿破崙所說：「只有不好的將領，並沒有不好的士兵。」作為導演，你須負責帶領所有人走向你渴望達至的方向，每個人都有專業能力去協助你，只是成敗榮辱，都均由你一人來承受。

很怕有些同行，在影片上映後，每次談起，總是譴責劇組誰誰誰未能配合，表現得像個失婚怨婦。感情失敗，先不要急不及待埋怨他人，因你也有一定責任，作出同意開始這段感情的決定，你也必然有二分一的責任。正如你決定用劇組內任何一位工作人員，別告訴我那是什麼皇親國戚，或投資者要求，要是你一開始覺得不成的話，就該作出反抗或調整。你不反抗，事後就埋怨，那只可能是你低估了問題之嚴重性，或高估了自己運轉乾坤的能力。

自由意志

人類到底是否擁有自由意志？這是一個哲學上的重要題目，也經常是電影的一個命題。

所謂自由意志，就是指人能夠不受自然社會和上帝的約束，自由地在每個抉擇中作出自己的任何決定，是我們自身每一個行動中的決策者和執行人。和它相對的，是宿命、預設論與神論。否定自由意志的人，相信萬物自有其主宰，事情在看似由我們自由選擇的同時，其實已安排了既定的方向，而世界亦依循著某種法則——這可能是上帝，也可能是自然界的定律，甚至乎是外星人設下來的程式去演進。因此我們只不過是「看似」自己的主人，其實背後另有「幕後黑手」。人類彷彿全都像進駐大陸經商的商人般，頭頂總是「上面有人」。

自由意志成了不少哲學家和宗教家探討的題目，也自然演化成為藝術作品的主題。當然哲學性的題目，並不表示它必須沉悶不可，命題能夠隱藏於任何故事之中，而故事亦可加入衝突元素（其實某程度上來說，這個是必須動作）。

法國片《神秘失蹤》（The Vanishing）就把自由意志的題目發揮得很好。話說主角女友在加油站失蹤，多年來一直杳無音訊，男友四處張貼尋人啟示，也毫無頭緒。有天突然有一中年男人找上門，提出女友失蹤時所用的鑰匙扣，證實了原來失蹤跟他有關。中年男人答應告訴主角他女友最後的下落，但必須要他承諾，願意重新經歷一次她的遭遇。最後揭開，他女友多年前已給這個男人活埋了，而殺人的動機，中年男人並不只是因為他有精神病，他說出有一次過往的經歷，那是源於多年之前，這個作為兇手的中年男人，和妻子、女兒、兒女之同學一起到郊外遊玩。突然女兒的同學在河中遇溺，男人毫不猶豫地跳進河裡，把同學拯救起來。女兒跟他說：「爸爸是我見過的人當中，最有正義感的。」只是中年男人卻在晚上睡不著，他一直在想個問題，那就是當有人遇溺，自己正義感所驅使自己決心行事，選擇去拯救這個女生，還是他根本並不是有自由意志，無法控制自己去做這件事，不管內心有否正義感。

為了證明這是他個人自主的決定，於是他想到了一個方法，那就是以其自由意志去做一件極端邪惡的事。只要能夠做到這件事，就可證明他是可以自主行善或行惡，而最後他可以放心地選擇繼續行善。至於這件極其邪惡的事，就是毫無原因地在油站找一個女人來，然後把她活埋。

這樣的反派，既有瘋狂的一面，但他的瘋狂，卻是源自於人類討論已久的哲學問題。這樣的角色描寫，更勝於一個純粹的瘋子。

要是《神秘失蹤》說肯定自由意志的話，那麼奈特・沙馬蘭（M. Night Shyamalan）的《驚兆》（Signs）（台譯：《靈異象限》），就算是反方立場的代表。故事講述由梅爾・吉勃遜（Mel Gibson）飾演的神父葛瀚，因妻子車禍去世而決定放棄其信仰，要是世上有上帝的話，那就不應該讓妻子發生車禍。但正值遇上外星人襲地球，當然貫徹導演一向以來的傳統，他把大格局的故事，以小規模化去拍，沒有拍出如《天煞—地球反擊戰》（Independence Day）（台譯：《ID4：星際終結者》）那般的大而無當電影，反而側重拍外星人襲地球的小農莊版本。即使全球事故，閣下還是只得一個人，家還是那熟悉的家。在那裡，你要面對一件動地震天的事，該當如何處理。最後帶出一個信息，就是原來一切冥冥中，所有事情都有人替你安排。看似不幸的事，其實是另一事情幸福的開端。

透過天上來的人，證實了除客觀現實外，在精神層面上，也證實了天上有人在看著我們。到最後的鏡頭，我們就看到了梅爾．吉勃遜在房間內的十字架被重新掛上，他穿回一身的神父服裝離開，這是一次信仰的回歸，也肯定了上天安排的旨意。

而關於個人和制度的抗爭，亦是好萊塢電影中經常看到的命題。個人和整體利益有衝突時，我們該當如何定斷，該犧牲個人的利益去滿足制度、國家和民族？到底在衝突中，這樣個人的利益該不該受到尊重？電影經常出現個人為社會作出犧牲，我們歌頌這種無私的自我犧牲精神。只是許多時候，我們要面對事情沒有那麼非黑即白，當從一個人擴大成為一個群體，而這個群體又和一個更大的群體、制度和民族的利益出現衝突時，少數服從多數是否適用於每個範疇？服從到哪種程度？

社會教育我們，國家整體總比個人渺小的利益來得重要，因此我們有時要犧牲個人的立場。只是電影中經常探討著這個題目，個人的生命和價值觀亦該同樣值得尊重。我們在推動社會發展的過程中，重點不是只選擇我們渴望存在的東西，而要真正達致和諧民主，就是要用一些我們不認同、不欣賞，但仍然有存在權利的事情和聲音，這也是電影《性書大亨》（The People VS.

Larry Flynt）（台譯：《情色風暴一九九七》）的一個主題。

這些主題的共同點是具有普遍性和人類的共同性，放在不同地區、不同文化、不同語言範疇內，這些問題我們同樣是需要探討的。更重要的，是這些問題的答案經常莫衷一是，明顯在我們這一代不會有標準答案，同樣下一代仍是要繼續研究下去。這樣的題目，比許多目前什麼電影探討的「有愛不死」、「人生最要緊有朋友」之類的老套主題，來得更震撼人心。

公私

父母眼中，你永遠是個需要拖著手過馬路的小孩，那管你其實已經考取了三項駕駛執照，所以我害怕把家庭與工作混在一起。父親從海外回港度假，每天百無聊賴，而我則忙著電影上映，因此有時就叫他到我公司坐坐，偶爾在閒時可跟他聊天。

可是問題來了，父親在公司，總把家庭問題拿出來跟他人討論。你罵他好像有點不孝，只是父親出於關心，想起我小時候有便秘問題，於是老跟公司同事大談小時候怎樣揉我肚子，讓我可以暢順拉屎。

「對了，你現在還有便秘嗎？」父親在眾人面前問我。

我不覺得是一個什麼大問題，但畢竟是我私事，我很難說：「便秘問題現在沒有了……阿Quin，麻煩你把這個 fax 到監製那邊……大便也頗為暢順呀……噢，那份報價單改好了沒有？」

難道要為便秘此事到會議室開個特別會議嗎？

當然，也有人喜歡把這類私事跟公司結合，例如過去在電視台工作，有同事愛把牙膏牙刷帶回來，擱在桌上顯眼處，藉此告訴其他同組員工，自己視公司為家，效法梵帝岡政教合一的方式，採取工作家庭合一。可是在我眼中，這意味著兩種可能：第一種是你個人無能，把可以早點完成的工作拖長；第二種是你的下屬無能，害得你要把所有爛攤子自己收拾。但不管前者後者，最後也歸咎於你。

爛 Gag 人

每間公司都有一個職位，叫爛 gag（意指：笑話）人，通常由位高權重者兼任。有時是老闆，有時則主任，也有下層職員坐此位，但常為年資較長者。I T 部門內要是有唯一沒啞的，此必為爛 gag 人。爛 gag 人本身不明白，一個笑話裡有分 build up 和 punch，那就是要先有前設，然後有轉折，問題是爛 gag 人經常會把其實不甚好笑之事，當成個笑話說給同事聽，並要求同事給他反應，可是換來的通常只是一份詫異。

由於隧道口之廣告板長期閒置，足見香港經濟實未復甦。因此對於高層爛 gag 人，大家還是怕丟飯碗而姑息養爛 gag。可是同輩的，有時卻是因好生之德，而勉強陪笑。

爛 gag 人普遍有一種職業病，就是視力欠佳，在講爛 gag 後常自得其樂地狂笑，卻無視於同事們的面面相覷。說到底，講 gag 不是看幾本廉價笑話書就能出師。這是一門需訓練的專才，職業培訓局應在再培訓過程中，除教授面試和溝通技巧外，也加入講笑話之基本技巧，免得年青人進入社會後，當上爛 gag 人而不自知。

Ladies' Night

星期三、四晚夜店的 Ladies' Night，表面是雙贏，實際是男女歧視的終極表現。

雖知道經營一間 pub，要付店租、員工薪酬和酒水，每樣東西也要錢。它辦 Ladies' Night，女士可免費進場，成本轉嫁到哪？難道是開善堂嗎？那當然是入場的男士身上。男士幹嘛願意承擔了那部分費用？為的也不過是認為場裡多單身女士，利於他們結識異性和獵艷。沒有成本會蒸發，正如零團費來港自由行一樣，最後那些錢還是轉嫁到其他地方。

在 Ladies' Night 晚上，有女士也是為結識伴侶。可是不時有些圍在一起聊天的女生，對過來搭訕的男士投以厭惡目光，彷彿覺得對方像群老是纏著食物不去的蒼蠅，也不明他們為何不肯讓自己一班姊妹們好好聊天。那些女士需要明白，她們正在喝的飲料或聽的音樂，其成本都是由那些她所白眼的男士負擔。而這些男士之所以願意承擔，目的就是為了來跟你們搭訕。

歧視中有分善意歧視和惡意歧視。Ladies' Night 和沉船下救生艇 Ladies First 一樣，屬於善意歧視。要爭取平等，就須一概不區分善意惡意，把所有歧視也要打倒消滅。可惜從沒見過反對歧視女性的團體，會對蘭桂坊的 Ladies' Night 提出抗議。選擇性反對歧視，只會突顯了歧視問題的無法消除，和抗議歧視時的兩面投機。

愛被愛

女孩子往往都弄不清楚，到底自己是喜歡一個人，還是喜歡那個人喜歡自己。女孩可以從被愛中產生愛，即使那種愛始於單向。當你不停的為一個人付出，守候在她身邊，無條件的照顧她，關懷她，有時候可以扭轉女孩對你的想法。從沒好感變成愛，更甚有時是可以把討厭變為很想跟你在一起。

這簡直跟科學家說能複製宇宙大爆炸，從「無中生有」地製造出反物質般神奇。

這是一種渴望成為主角的欲望，喜歡成為他人生命中的主角，被需要，被渴求。對於這類由被需要開始轉化出來的愛，我個人並不看好。不是認為女方轉化出來的愛並不真實，相反那可能比當初男方對女方的需求還要情真意切。只是我會為那些女生放不下心，因為男方被需要的感覺源自得不到，一旦相處下來，再大的需要和吸引也會有告別的時候。

你被請上台成為萬眾的焦點，可是對不少男生來說，很多時候你不是一個主角，而是臨場上台表演一節的台下觀眾。環節完了，你願意坐回下去觀眾席，跟其他一眾坐在這裡看的人，處於同等位置嗎？

愛沒有對錯，只有願意和不願意。坐不慣可以選擇掃人家的興，重新搶站回台上，當然也可以選擇燈光較為暗淡時轉身離去，不留痕跡。

賞味期限

收到聖誕禮物，日式巧克力背後印著賞味期限：十二月二十五日。一看日曆，只剩下三四天，正奇怪當事人為何要買下一盒須如此趕著吃的巧克力。但同時回心一想，這個賞味期限，可能不是食品上的嘗味日期，而是一種感情的限期。聖誕情懷，總該最好在二十五日前細味品嚐，否則就錯過了別人一番美意心思。

節日情懷經常被商人利用，但是我總認為有些感情，是固定該在某些日子中品嚐，聖誕節是其中一個。近來聽到內地有人士批評，聖誕節文化入侵中國，扭曲了年青人對節日的觀念，害怕他們胡亂慶祝聖誕。可是別擔心，真的有扭曲，也絕不只是中國一家。因為對西方國家來說，無數年青人對聖誕節的宗教意義，並不關心，只不過是藉口來狂歡。

感情如同食物，自有其限。人家對你的思念，不是任何時候能從冰櫃內拿出來，用微波爐弄熱嘴嚼，吃剩就用保鮮紙包好。大概城市人將飲食習慣延伸為感情習慣，大都吃得多，吃得雜。看慣韓劇的人，口味較濃，吃不到生離死別，呼天搶地，總是有點不夠飽。我還是希望吃得清淡一點，又嚐細味，一啖芳香。沒有大喊愛你　萬年的奢望，只求品味期限不會是那短短的一百天。

當你碰上《迷失》或《行屍走肉》時就會感激爺

老實告訴你，我從小就經常逃學，但同時，又頗為好學。我總認為，人應有一技傍身，所以從小到大我都學著各種各樣的奇特技能。要是把這些東西都整理出來的話，恐怕得要寫上好幾頁，因此就只抽幾個出來跟大家分享。

技能 1：急救

我承認，一開始學習急救課程，源於中學時的被誤導。剛唸初中時，跟旁邊幾個男生因挑選什麼課外活動而煩惱，有些報名交通安全隊，有些則選航空服務團，可是我們一幫哥們都堅決報名聖約翰救傷隊，都是因為聽說報讀聖約翰救傷隊，就有機會學急救課程，而課程重點，就是人工呼吸，而為了讓大家有機會增強臨場技能，男女學員都得互相彼此實習。

當然，報讀後才發現，課程訓練只是不停地要讓你單腿吊腳站立步操，吊到你媽的回家坐在馬桶上如廁也會雙腿痠痛。至於跟女生練習人工呼吸這方面，就真的是練你個妹，唯一給你練習的，就是那個已經被大家輪流吹到嘴巴發臭的塑膠人偶，唯一安慰的是，那人偶名字，叫瑪莉，勉強也算是個女生。

在長大一點後才發現，這個有機會真人嘴對嘴人工呼吸練習的都市傳說，造謠者很可能就是聖約翰本人喲，不然怎能每年吸引到這麼多傻菜鳥加盟呢？

技能2：密閉空間沉箱牌照工人

在導演工作發展得最順利和最忙碌之際，我還是老充滿危機感的想，要是有天沒電影拍，我該幹什麼？學歷不夠，體力不足，英文又不濟，長得不夠帥（當牛郎的機會也渺茫了），所以總是想不到自己該幹什麼？

那段時間總是覺得要學些專業技能傍身，於是有天在書店看到工聯會的春季進修課程冊子時，隨手拿回家，把它舉到額頭的高度，然後掉到地上，看看它被翻至哪頁，就報讀該課程。

結果，我就報讀了密閉空間沉箱工人牌照課程。班上同學大部分都是在職的地盤建築工人，都是想多考一個牌照，方便找工，提高競爭能力，因此我就像連一般駕駛執照都沒有，就直接去考貨櫃車執照一樣的異類。

所謂密閉空間，就是像在船艙底部，或水箱、沙井和渠道等地方。在那兒進行各樣維修工作都需要獲取專業牌照，因為你必須要懂得應付密閉空間裡的各種狀況，也要全面懂得使用氧氣設備。

沒有報讀過這個課程，你是不會知道，看似平凡的地方，其實充滿死亡陷阱，如大廈天台水箱原是用來儲水，但掉空多年後，這樣的水箱看似無大礙，裡面可是危機四伏，因為要是金屬水箱，空置後的水箱內部會出現鐵鏽，鐵鏽釋放出一氧化碳，由於是密閉空間，釋出之一氧化碳長期積聚其中，要是有小孩貪玩爬進水箱內，當他爬到底部還沒回過神來時，就會因吸入過多一氧化碳而導致昏迷，倒在水箱下，朋友在上面看到他暈倒了，試圖下去救他，結果亦會缺氧暈倒。這就是為什麼像沙井這樣的密閉空間，在發生意外時，許多時候喪生人數往往不止一人的原因。

最後我雖然考取了這樣的一個牌照，卻一次也沒下過沙井，每當經過路邊的維修工程，看到工人下去時，我都有參與的衝動。

技能3：玫瑰接枝課程

對，這確實是很詭異，但我必須告訴你，我真的學習過如何做玫瑰接枝呢。別人送你一束鮮花的時候，你都會覺得很感動，可是這種感動留不住，有些人會選擇把鮮花倒掛成為乾花，嘗試永久保留，但所謂乾花能永久保留，也只不過延長它的擺放時間，到最後，還是會消失。

所謂的玫瑰接枝，就是假如你有一盤玫瑰，在你收到一束人家送的玫瑰花時，你就可以嘗試把原來的那盤玫瑰的莖部切開一個小叉口，然後把人家送的玫瑰的尾部削尖後，再把它插進那叉口，包好那個接駁的位置，彷彿像做斷肢接駁手術一樣，把人家送給你的玫瑰，栽接到原來的那盤玫瑰上。一星期後，待那個接駁的位置鞏固後，那枝玫瑰就成為了那組玫瑰的一部分，所以有些時候在一盤玫瑰中，就能夠栽接出好幾種不同顏色的玫瑰。

當然，這都像外科手術一樣，講求心靈手巧。但拜託，請別問我原因，我到現在還不知道為什麼自己會上了這樣的一個課程呢。

我人生中總是做著很多事，從小父母就老是說我無聊事做得太多，每件事情都沒有完成，總半途而廢。但生命重視的，不是結果，而是過程。許多時候這種人生經歷看似無用，但你總是不知道在什麼時候，它會突然冒出來救你一命。

當然，也許你會覺得我無聊，但美劇看多了，危機感就自然強，誰知道什麼時候我們會碰上像《迷失》（Lost）（台譯：《Lost 檔案》）或《行屍走肉》（The Walking Dead）（台譯：《陰屍路》）那樣的情況呢？要是碰上的話，你就不會再罵我無聊，而是感激哥如此好學了。有一技傍身，就能在受傷的時候替大伙包紮，也會帶你鑽進沙井躲活屍……對，當面對《迷失》或《行屍走肉》的時候，玫瑰接枝好像沒什麼作用……噢，也不一定，美劇總是在緊張中加插些浪漫小情節嘛，這個玫瑰接枝可以是一件浪漫窩心的小插曲呢。

選擇 不選擇

我有個嗜好，喜歡叫朋友幫忙到書局買書。因我認為人會偏食，每人也有偏好，可能有些書內容其實非常好，只因名字包裝不吸引，所以就沒買下，要是因此而錯失看好書機會，我覺得十分可惜。

每當認識新朋友，我都喜歡給他五百元，請他幫忙到書店買書。有時對方會問我想要什麼類型，我總告訴他，別猜想我要什麼或我沒什麼，隨便買些你自己喜歡的就成。

「要是我最後買回來的書你也有，怎麼辦？」

「要是有重複，那就送給你好了。」

這樣許多時候會得到驚喜。一些你從沒想過要買的書，買回來後卻發現有意想不到的寶藏。

同樣道理，叫外賣時我經常找助手替我下決定。不須知道我想吃什麼，就隨便叫些我從沒吃過的東西便可，這樣就有機會嚐盡外賣紙上的每道菜。

生活中有很多可能，只是我們的選擇經常有跡可尋。有些時候，不選擇未嘗不是一種冒險。

正如過去金獅影視會，我總喜歡租那些神秘電影。所謂神秘電影，就是沒有封面介紹，盒內亦沒有片名，租了回去才知道是什麼電影。現在沒有影視會，不知道DVD商是否願意出神秘電影。只怕萬一建立這渠道的話，卻淪為DVD商促銷爛片的途徑。

丟書

買書多，丟書亦不少。看書有個習慣，喜歡用筆劃下重點，因此不適合到圖書館借。加上覺得要是花上一個星期讀完的書，是不值得留的話，那根本不該開始。

工作需要，經常翻閱資料，總愛把書留在身邊。討厭朋友跟我借，要是你不見，再買給我也沒意義，因為失去了我花上時間去整理劃下的重點。

曾到印章店做了一個大印，蓋在每書的扉頁，內容為：「警告：此乃彭浩翔用其血汗金錢所購回來之書，切勿企圖或意圖據為己有。務請盡速親自物歸原主。如有拾遺不報、借書不還者，定必慘遭詛咒天譴，並勢必誅連九族。因此特敬告閣下，即使不顧自身安危，亦宜考慮家人幸福，凡事三思，迅速歸還，可保平安，謹此。」最後發現，詛咒比好言相勸還是來得有效。

最討厭朋友搬家，說有堆書想棄掉，叫你上去揀。誰知上去一看，有一半也是你借給他的。

近年經常整理自己藏書，想到一個重點，就是該把暫時不看的書棄掉。丟它，不是它沒價值。

只是從經濟學上來說，那本書你十年內都沒有機會看的話，只要它非絕版，那不如先把它丟了，到你想看的時候，再將之買回來。因為用一個位置收藏這本書十年，那個位置面積的十年租金，其實遠超過重買這書的價值。在此邏輯下，我丟了不少未看的書。

約定

我有個朋友，和他合資買六合彩，他總看看當日的累積獎金，要是超過七百萬，就會說不如各自分開買。那是由於他連自己都信不過，他算過，七百萬的獎金足夠不用與任何人接觸，仍可獨自生活下輩子。因此他知道，自己一旦中了頭獎，他定拿著那七百萬逃跑，一旦少過七百萬，他就會毫不猶豫拿出來，跟合買者平分。

在面對抉擇時，先預設了問題和答案，這是處理事情的最佳方法。

小時學跆拳道時，師傅說不要隨便在街上和人打鬥，你要設定一個爆發點。有人把爆發點設成為髒話，有人則是身體接觸。要是你設定為髒話，即使對方怎樣挑釁推撞你，你也不發一言不回應；要是他問候你任何一句髒話，你就毫不猶豫馬上出手將之擊倒，反之亦然。二人之間也可以有這樣的默契，看過一部電影，片中母親一早跟兒子約定，要是在任何地方走失，總是往右前方的地方會合。後來不記得劇情發展下去，兒子死了，死因裁判庭開庭研究，那位母親就總是坐在旁聽席的右邊角落。

唸中學時，沒有手提電話，和女友總是約定，要是地鐵上車時分開了，就在失散車站的下一個車站等。結果約定後，我們未曾在地鐵失散。只是半年後，大家卻因為平安夜沒有陪她而吵架，最後卻永遠分離。大概小事還可約定，長遠的，又有誰能預計。

闖蕩異地

iPod中有著衛蘭的〈離家出走〉，經常在乘計程車過隧道塞車時，播放著這歌：「豁出去漫遊　不通知親友　那快感少有　哪管想去多久」聽著總有離開香港的衝動。

去哪裡，沒想到，有時我們年紀大了，即使離開，也只想旅遊，而不如歌詞所說「闖蕩異地」。

闖蕩異地跟旅遊有很大分別，異地不應該是隨處可以找到Starbucks、HMV或Walmart。異地，該是在那裡隨便吃個午飯，下午都會腹痛兩個小時那種。闖蕩不會有五星級的酒店，隨便打個電話找人上來做三個小時的SPA。闖蕩總該碰上點麻煩，就像孫燕姿在埃及被人恐嚇，最後有驚無險，未嘗不是一種經歷。

闖蕩應該是貧困的，冒昧的，即興的，骯髒的，精神或肉體上發生一點霧水情緣，也不要一直沿途在update香港的blog或xanga，把影到的相不停上載，和繼續回覆朋友e-mail。最好在旅程中受一點傷，留下疤痕，讓你偶爾在認識小男生時，可以告訴他，這個是在摩洛哥騎駱駝時弄傷的。

但在這日還未出發之前，目前來說，我也只得繼續在紅磡隧道口等著計程車司機切線，進入隧道。

CHAPTER.03
多數時候，性本善

我有公德心

我跟女生說，自己是個有公德心的人。女生要我舉例說明，我說自己每次到洗手間小便時，要是發現馬桶中水平線上的邊，沾了一些上手用家剩下的屎漬時，我都會在小便時把落點對準污漬，然後用水力將其沖擦。

「噁心，這只是無聊。」女生一臉不屑的說。

這不是無聊，是真正有公德心啊。那是為了免得廁所工人清潔時感到厭惡，和多作工夫。在小便的同時，清潔那屎漬，可謂一舉兩得。這也不是環保，因為屎漬不是我留下的，我這樣做，完全源於無私公德心，我和那些屎漬無關，不用為它們負上任何民事或刑事責任。我想，畢竟清潔陌生人剩下的屎漬，對清潔工人來說也算是件厭惡工作。當然我的公德心，只限於用小便去清洗，要是你叫我伸手去抹，就實在不敢恭維。自認並未偉大至如此程度。

女生認為，你這個只是無聊，找些事情取樂而已。但是我要取樂，幹嘛要從馬桶裡的屎漬處尋開心，我有更多開心的可能，因此我堅持這確實是我有公德心的證據。

「要是你日後提名我為十大傑出青年時，一定要在提名書上寫上我這項優點。那就是本人『會在小便時清理其他人在馬桶內沾著的屎漬』。」我這樣對女生說。

對廁所清潔工人來說，我簡直算得上是個天使呢。但大概男女有別，如此崇高無私的奉獻，女生是比較難懂。不知城中有否志同道合，不妨電郵給我，交流一下這方面之心得。

開天闢地

到酒吧時，常想起一個問題。為什麼有些酒吧男廁的小便斗內，總會堆著一大堆冰——對，我又再說有關屎尿的問題了。

就這個問題，我問了不少任職飲食業和各方面的朋友，可是答案總是莫衷一是。有人說是為了衛生，有冰在尿兜，騷味不會太重；有人說是一種沖水的模式，冰一直在溶，溶解了的水就流進小便斗去水位，形式了種定時清潔形式；更甚有人認為這只是純粹因為酒吧製冰機生產過剩，令酒吧無法處理多餘的冰，於是只得把它倒在小便斗之內。

可是這些都不太成立，於是我懷疑是否為了純粹的娛樂，讓小便時人們在無聊的排尿過程中可享受一點樂趣。當看著黃色的尿柱——對，我較為熱氣啦——射到冰塊時，由於尿液和冰塊的溫度差距，冰就開始溶解，每次在這樣的情況下，我都想起了電影《異形》（Alien），彷彿自己就像異形怪獸，體內那黃色血液有著腐蝕性，濺出來時把牆身都溶化掉。看著冰這樣的溶化，就感覺到自己有種開天闢地的自豪感，恍如把紅海分開之摩西，嘗試以一己尿柱之力作一把刀，把小冰山劈開。男生往往在這些無聊的小事情上，找尋出那點卑微的自我肯定。

因此不管什麼原因，餐廳和商場不妨多把些冰灌進小便斗，好讓大家開心一點。只是本地茶餐廳奉行用者自付原則，冷飲須加一元，那在有冰的小便斗上小便，要不要多付一點費用？

坐牢切勿拾肥皂

跟編劇構思電影《伊莎貝拉》的劇本時，曾經想過這樣的一段情節，那就是當杜汶澤飾演的貪污警察，向女兒張碧欣講述自己決定不選擇逃亡，而選擇在法庭上認罪，接受坐牢的命運時，曾經想過張碧欣會邊哭邊搭上一句說：「你在獄中洗澡時，要是掉了肥皂，切勿彎身去拾啊。」

那是因為每次看監獄片，囚犯在獄中洗澡時，總是因為俯身去拾肥皂，而被其他同牢犯人性侵犯，彷彿這已是在監獄裡不成文的規定。一旦看到有人去拾肥皂，大家就會眼神互望，一擁而上的去雞姦他。你永遠聽不到他們在討論：「喂，今天到底要幹誰或什麼時候幹」之類，彷彿這已就是一個訊號。

記得小學時，男生總愛玩「圍閹」，也總得有些人帶頭指著某同學，大喊一聲：「閹他！」，這樣大伙兒才會一哄而上。可是在這些監獄片中，往往就沒有這樣的一個人出來發施號令，眾人懂得自動配合。對我來說，這總是感到有點不可思議。

當然，《伊》片最後並沒有用上這句對白，因為看過劇本的人，都認為這句對白，實在太過破壞那幕獨白的傷感氣氛，恐怕觀眾不知道你是認真還是說笑，同時也破壞了前面辛苦建立起來的情緒。對於這點，我是有點同意和不同意的，因為站在角色而言，有時候生命到了極致之痛苦，可能剎那間所關心著的事情，是一些很不可思議的小枝節。

大概因為我本身是這樣的人，因此在想事情時，總是從那個方向去推想。我並不太覺得這句說話會引起觀眾太大的情緒差異，生命中每個人在什麼時候說什麼話，你總是很難預期。張達明告訴我，他父親有天晚上突然語重心長的跟他說，要告訴他人生最重要的領悟，當張達明準備聚精會神地聽著時，他父親告訴他，在玩梭哈（show hand）中，不要期望自己能拿到順子（straight）。當然這句話也有它背後伸延出來的社會性意義，也啟發出什麼宇宙的大道理，可是這裡篇幅有限，有機會我們再細談。

好像說得有點遠了，話說回來，這句說話最後並沒有放進電影內。可是在幾年後，看到亞當・山德勒（Adam Sandler）和凱文・詹姆斯（Kevin James），於二零零七年合演的《迫上斷背山》（I Now Pronounce You Chuck & Larry）（台譯：《當我們假ㄍㄟㄟ在一起》），當中有一幕，任職消防員的二人，由於假裝同性戀結婚的事情被同僚發現，因此在消防署的浴室洗澡時，眾人都對他們大為顧忌，其中有一個同僚，其手上的肥皂掉了在浴室的地上，見他倆都在時，便不敢俯拾，跟著去搶另一同僚的肥皂，結果那肥皂亦一同掉到地上，讓同僚大為緊張。

我認為這場戲，是影片中拍得最好的一場。當肥皂從手中跣出掉落時，還用上了慢鏡，我才意識到，這不只是我個人留意到的事，甚至是這種電影慣用的潛在遊戲規則。

就像所有驚慄片中，任何人說：「我出去一下，待會回來。」那就會是遇上連環殺手或遭遇不測的先兆；又或是所有魔鬼和兇手，都會躲在浴室中，待你打開鏡櫃後再重新關上時，他才趕緊站在你的後面。這樣的手法看得多了，當然會熟知套路，甚至可像《奪命狂呼》（Scream）（台譯：《驚聲尖叫》）那樣，去解構和嘲諷這類驚慄片的模式。

但話說回來，到底監獄中的性侵犯情況，確實是因為某人俯身拾肥皂而開始，還是這只是電影中設計出來的遊戲規則，這點我不太肯定。畢竟我沒有為這方面做過詳細的資料搜集，而認識坐過牢的朋友也不算太多，不過就算你認識許多坐過牢的朋友，難道你會問他：「對啦，到底你們在監獄內被人雞姦時，真的會像電影裡的那樣，在俯身執拾掉在地上的肥皂時遇到的嗎？」這樣的問題，總是不太好意思提出吧。

但在我生命的成長中，確實有許多事情都是從電影的情節中得來，這些情節往往會幫助到我們和陌生人打開話匣子。好像去朋友婚宴，坐著一桌子陌生人，旁邊有人說他自己是做建築工程師時，我就會問他到底是否可以像電影中那樣，當水泥地基還沒有起好時，我們殺了人，就可以把他推進水泥中，從此埋在地基裡呢。當然在旅遊時，遇上土耳其人也可以問他們，土耳其的監獄是否如亞倫・派克（Alan Parker）的《午夜快車》（Midnight Express）內所描述的一樣。

但這是很容易引起對方的厭惡，因為電影的刻板式描述，往往很容易就做成對不同文化產生歧視。正如在西方人眼中，香港還是有許多留著兩撇長鬚、拉著人力車的車伕；維多利亞港還有許多破破爛爛的帆船；香港滿街都是等著白人來 pick up 的蘇絲黃一樣——也不是完全沒有啦，只是可能比例上沒有西方人想像中的那麼多而已。

到底在現實中的監獄裡，掉了肥皂該不該彎身執拾呢？即使你告訴我絕對安全，由於我中的電影毒太深，總是會有一點陰影。幸好，在目前來說，還不用為這種事花心神，畢竟還沒有機會遇上這種狀況。

接難拒亦不易

周末步經銅鑼灣渣甸坊，要閃避的，除白由行外，還有各式傳單。因為明知沒打算參加任何健身或手提電話優惠，也無暇花三個月學會外語，所以接下傳單，只徒然虛耗熱帶雨林資源。

渴望環保，但總掙扎於經濟層面的衝突。如每個人均堅持環保不收傳單，傳單派出率大跌，各公司決定不再將宣傳費投放於此，即香港少了個行業，渣甸街那幾十人就得失業，背後誅連家人隨時過百。這正對香港經濟構成某程度打擊。我應要顧全香港經濟共渡時艱，還是為拯救遙遠雨林而大義滅親？

無法確定，因為我不知兩害取其輕，該站哪一邊？正如每次去完洗手間，看著抹手紙和吹風機，左右腦都在掙扎。拿紙省電，因為燒煤發電過程對環境造成污染，可是同時間你又浪費一張抹手紙。到底吹風機三十秒所耗電不划算，還是紙巾傷害來得大？

地球上每一件事情進步，就會意味著另一件事情在退步。此消彼長，如潮汐漲退，水沒增多，只是移位。快餐業就是為了解決紙張消耗過度和在保溫上的問題時，才發明保麗龍來盛著漢堡飽，那時大家都覺得這是項偉大發明，當然要到多年後才驚覺，燃燒保麗龍和處理廢物時釋出的全是毒氣，為禍更甚，這才明白有得必有失。此永恆定律。正如塑膠袋業工會也會站出來，指責那些過了膠面的環保購物袋，其實對大自然有更大傷害。

但願有個經濟及環保組織能夠算出一條方程式，告訴我們該接下還是拒絕那些傳單？

鮮見白蘭花

在香港乘計程車，車費十七元八角，司機收足十八元，是不成文規定。沒關係，我不計較尾數。但最受不了的，是部分車主將後座車門攪動車窗的手柄拆除。我想他們是怕乘客攪下車窗後，離開時又沒替他們關上，這樣會浪費空調。

只是沒有那手柄，司機有否想過在車內放屁的問題（這不一定針對司機，也可能是乘客）。這是種霸權，剝削了乘客自主呼吸新鮮空氣的權利，有時上車，一陣惡臭霉味撲鼻迎面湧至。尤其夏天汗味體臭充斥車廂，再加司機車上抽煙、吃飯後殘留餘香，該死地進入空調系統循環，萬劫不復。

也許司機大哥早已習慣，覺得沒問題，可是我付出幾十元車資，並沒有包括要忍受這般惡臭。遇上這種情況，我會選擇下車，但要是同行有女生的話，總覺得不好意思。因為她們覺得好像是歧視有體味人士，不太禮貌。但我那管他媽的政治正確，仍是堅持下車，因為這樣可給他們一個警號，你不解決問題，就直接影響生計。只是你在站頭下車，上後面另一輛車，前面計程車不駛開，你也夾在中間，無法離開。

記得小時候，計程車司機經常會放一包白蘭花於空調出風位前，讓車內瀰漫一陣花香。不知為什麼，是否近年白蘭花的產量減少，還是別的原因，大概社會已沒舊日般為人設想。常見的是三分鐘車程連放兩屁，打三次嗝，上下二路夾擊。回到公司，也暈上半天。

星期幾

內地乘計程車，前排座椅上的頭枕，都套上一個布套。布套背後有大大幾個字，寫著今天是星期幾。要是今天是星期五，你就會看到計程車前排椅背兩邊，司機和另一乘客椅背上的星期五。這樣做不是為了提醒你今天是星期幾，而是為了證明他們公司每天也有更換這個椅套——雖然他也有可能是一整個星期也沒更換。這個某程度上值得表揚，因為他們還是在意維持清潔。

只是換個角度看，卻有點可悲。

消費者和營運者的互相不信任已經形成，難得是連營運者也無可否認地承認，消費者對他們的不信任，和不少同業沒有更換椅套這事實，所以才用這如此土炮方法，以示自己「身家清白」。就國情來說，算是一種進步。

就正如現在香港酒樓，已經沒有用客人食剩的雞骨混進糯米雞之中，包成餡料再出售（對此不了解者，請參閱麥當雄電影《跛豪》），畢竟我們也渡過了，那種需要在每隻糯米雞旁邊註明：「本糯米雞由新鮮雞肉製造」的階段。

買一隻糯米雞，已經牽涉到消費者與商戶的基本信任，這才是進入良性發展的一個境地。但願有一天，我們再沒有看到那些星期幾的大紅字，你也能安然地把頭靠於枕上，遠看神州大地好風光。

在減少浪費前必需的額外消費

我想每個人關心一件事情，在表面或潛意識層面上，都必定有一個原因。那到底我是為了什麼原因，才開始關心環保的呢？回想起來，大概因為我怕熱，這不是人家在訪問我時，隨便擠出一個敷衍了事，裝模作樣的答案那種，而我確實從小到大，就很怕熱。

在衣櫃裡，從來沒有多少件長袖衫，即使在冬天，我也是穿著一件短袖T恤，再加一件外套而已，外套有多厚也沒關係，因為在室內時，你可以隨便把它脫下。我是那種即使在冬天也會不時冒汗的人，所以在選擇外套這方面，也都是揀選扣鈕或拉鏈的那種，很少會著穿過頭的外套，因為這種外套脫起來很不方便，不適合我這些出出入入經常都要脫掉外套的人，因此高領衫也沒多少。

由於我這樣的怕熱，因此從小到大，我都能明顯察覺到天氣的變化。香港的冬天，越來越不像一個冬天，記得剛出來工作時，我認定冬天戴手套，要是太便宜，會讓人家看扁，因此決定要是不買，要買就要買一雙最貴的手套，結果那時為著這個想法，省下了金錢，買了一對價值一千二百多元的麖皮手套。為了把這雙手套好好保存起來，會用麖皮專用的清潔劑去抹；夏天的時候，就用陶氏密實袋把它包起來，內裡放入防潮珠。

起初還以為這雙手套會用上一段好長的時間，誰知過了幾年，在香港連戴手套的機會也漸漸沒有了。記得小時候的冬天，總有一、兩個月有機會把手套拿出來，現在莫說一、兩個月，似乎連一、兩天也沒有。如果你拿出來，人家還以為你得了什麼皮膚病，或者是你正準備殺人分屍（或已經進行了殺人分屍）。

其實天氣變化的明顯，不用很怕熱的人也能感受到，但正如我所說，由於我怕熱，因此特別能夠體會到箇中辛苦。我開始盡可能去關心環保的議題，漸漸也開始身體力行，例如洗澡時，盡量快一點，免得浪費用水；出門時，也會謹記要把所有燈和熱水爐關掉。

公司的男廁，由於要跟同層的另一家公司共用，當中洗手盆的水龍頭是用按下出水，片刻之後就會自動停止的那種。可是不知道是因為內裡的彈簧生了鏽，或是什麼，右面洗手盆的那一個水龍頭好像壞了，要是你按下後，不把按鈕拉回來的話，它就不懂得自行彈回來停止出水，因此水就會不停地流出來。

這樣的一件事，其實不難察覺得到，可是不知為什麼，鄰家公司的那些討厭傢伙，好像永遠發現不到這問題。他們按下水龍頭，洗過手，就馬上離開。看著那些水不停地一直流著，我就感到生氣。當然，我跟在後面，可以替你隨手拉一下，這是很容易的事，但難道他們真的永遠都沒有留意到嗎？我彷彿當起酒店洗手間內的服務員，每次替他們重新把水龍頭拉回來時，唯一分別是我沒收到小費呢。總是有衝動要去罵他一頓，可是平心靜氣一想，這樣的一件小事，你一提出來，人家就會說你小家子氣呢。

後來我漸漸覺得，只是這樣並不足夠，因為我這些行為，都只不過是順手幫忙而已。我認為該更主動去付出，因此我決定去購買一個環保購物袋。因為真正能夠為減少塑膠袋而付出，不單只是少用塑膠袋，而是願意付錢去買一個環保購物袋。

我到 city'super，在眾多的購物袋中，選了一個黑色，上面印著一個問號符號的環保購物袋，彷彿它也正為著關於環保購物袋這事情作出質疑。記得曾經在電視上看到，有塑膠袋商會的成員接受訪問時說，這類膠質的環保購物袋其實對環境構成的污染，比一般購物塑膠袋還要大。但從他氣急敗壞的語氣來看，又好像有一點是為自己生意角度去作抗辯。

因為我覺得這個問號符號很有趣，彷彿這個環保購物袋也對自己產生了質疑，於是我買下它，經常放在背包中。但這個環保購物袋有一個問題，就是它除了本身是一個環保購物袋外，另外還附有一個小袋，是用作存放這摺疊好的環保購物袋，它用易開鈕扣去固定，上面還附有一個小膠扣，可把它扣到皮帶或固定在金屬圈上。（雖然我想不到為什麼會有人把環保購物袋扣到皮帶上，但它著實是有著這樣的一個小塑膠扣）

就這樣，一個環保購物袋就被分成購物袋和裝購物袋的小袋，很不方便。有些時候，當回到家，用完購物袋後，你並不可馬上把它裝回小袋內，因為從超市買回來的東西，由於有些冰鮮的東西會冒出水，黏到袋上，你得先把購物袋清潔一下，再把它從內裡反過來吹乾，不然就會泛著一陣腥臭，我想保衛地球，卻不願引起女生厭棄呢。那就得等到明天才能放回小袋中，只是到了明天，在你趕著出門後，又會發現那個小袋總是找不著；有些時候到你找回那個小袋時，那個購物袋卻不知道被塞到哪裡去。

我覺得這樣的設計很不方便，後來聽說日本有種品牌的環保購物袋，裝著購物袋的小袋，本身就是直接連在購物袋上，而購物袋旁邊還附有一個有拉鏈的微型小袋，可讓你放點細微雜物，如口香糖之類。於是我叫太太下次到東京時，替我選購一個，後來在東京百貨公司處，她替我買了一個以安迪・沃荷（Andy Warhol）的金錢標誌為主題的環保購物袋。

「這個你一定會喜歡。」太太回來後這樣告訴我。

確實，我覺得是很不錯。我想安迪・沃荷在生時，也沒有想過自己能夠為環保出一分力，更重要是，從他眾多的畫作符號中，這個購物袋選用了他的金錢符號 $，實在也很符合安迪・沃荷的主題。在他崇尚資本主義消費社會的大方向下，哪有比環保購物袋更適合的東西？因為我們得先要消費另一項資源，去減少另一項資源的浪費，這無疑是掌握了資本主義社會的精粹；

就像是為了解決多吃巧克力而要面對便秘問題的生產商，決定推出那些帶有輕瀉成分的巧克力一樣吊詭，從消費而產生的問題，到解決問題後安心繼續消費，一切都合而為一。

我開始使用這個安迪華荷的環保購物袋，但另一方面，那個 city'super 的問號符號環保購物袋，又怎樣呢？（這是用問號來回應問號）於是，我努力把它推給太太，給她使用，可是太太卻說，她自己也同時選購了另一個環保購物袋，於是我們家中，就多出了一個環保購物袋。這個環保購物袋本身就變成了一個不環保的產品，過去使用塑膠袋，還可以將之套進垃圾筒內裝垃圾，可是這樣的一個環保購物袋，卻又好像不能這樣使用。

要是有讀者願意付上足夠的郵費，我倒不介意把這個環保購物袋寄給你。

另一方面，垃圾分類也是我關心的一個問題。我所居住的大廈，並沒有設立垃圾分類的系統，在後樓梯處，只有一個巨型的黑色垃圾大塑膠袋，扣在一個安裝在牆上的鐵圈上，上面蓋著一個紅色膠蓋，各單位的住客，就自行把垃圾掉進那個黑色大垃圾塑膠袋內。

有時候，我會自行稍作分類，例如把報紙雜誌這類紙張垃圾儲成一大疊，然後把它們放在黑色大垃圾塑膠袋的一旁，好讓清潔工人來收拾時，能夠把這些紙張分類出來；保特瓶也會每次儲到十個左右，放在黑色大垃圾塑膠袋旁邊。

可是我認為鋁罐也應該作分類，但一般來說，我都只是把這些鋁罐混雜在其他的家居垃圾內，一起用垃圾塑膠袋包起來，然後掉進那個大垃圾袋中。雖然鋁罐是可以回收，但清潔工人不可能花時間，將每個垃圾塑膠袋拆開，然後慢慢去搜索到底哪裡有鋁罐。

於是，我決定自行把鋁罐作垃圾分類，但問題是，保留鋁罐並不易。需要先把它壓扁，才能有足夠的空間，儲到一定的數量才拿出去，因為即使把空罐子儲成一大袋，但內裡其實不過是十來個而已，對清潔工人來說，他不可能拿著這樣的十個八個鋁罐到回收廠換錢。但同時間，他也不可能找到一個地方儲放這些空罐子，然後等到有一定的數量才拿去回收。

因此我必須把鋁罐的體積壓縮，如此既方便我儲存，也方便清潔工人拿去回收廠換點金錢。在我想著該怎樣把鋁罐壓縮的時候，給我在超級市場內發現了一個把鋁罐壓扁的壓力手柄（deluxe can crusher），於是我花了一百三十元把它買下來。雖然我不知道要回收多少個鋁罐，才能從回收廠處拿到一百三十元，但這並不重要，因為最重要是我為了保護環境而作出付出。這一百三十元是我個人為地球的努力，因為即使清潔工人能夠拿著鋁罐到回收廠，收到的錢也不會扣除我為了這事情而所花的一百三十元呢，因此這確是我的無私付出。

但問題是，把這個壓力手柄買回來後，才發現它必須用螺絲固定地安裝在牆上，然後每次把汽水罐放上去，再拉下手柄，才能把鋁罐壓得扁扁的。因此我必須花時間把那笨重的電鑽，從公司拿回家。幸好及後我發現，即使不鑽上牆，只要我把它平躺在地上，用腳固定著它的鐵座，然後把手柄翻到另一邊，還是可以把鋁罐壓扁。

於是，我為了試用這個拯救地球的壓力手柄，因此即使我並不口渴，但還是馬上開了一罐Coke Zero。在迅速喝完後，就用水沖乾淨罐身，因為被壓扁了的鋁罐，要儲存好一段時間，可能大約是一、兩星期，然後才能拿出去後樓梯棄掉；加上壓扁後的罐身一定會被弄破，要是內裡還有著汽水的糖分，就很容易惹來蟑螂、螞蟻之類昆蟲，到頭來又得花費買什麼殺蟲劑或者蟑螂酒店。

雖然清洗這些鋁罐，得要額外花點食水，但我想，這少量食水，跟回收鋁罐來說，應該是比較划算吧，所以我開始使用那個壓力手柄。把鋁罐壓下去，得來一陣破壞性滿足感，一來是這個手柄，有著一種表現力量的興奮，原好的一個鋁罐，片刻就能把它壓扁，這樣的事情是頗為有趣的娛樂；除此之外，我也對自己能夠為環保付出而感到自豪。

這種自豪感，驅使我馬上在雪櫃再拿出另一罐 Coke Zero 出來喝光，然後再壓扁。我不禁懷疑，到底我是真心支持環保，還是我只不過是一個喜歡消費的人？讓減少浪費成為另一個消費的藉口？

茶水間與聖誕禮物之管理學

我一生人都沒甚條理，可我卻選擇了一個最需要控制能力的創作類型，那就是電影。以寫作、雕刻和畫畫而言，創作不過是個人跟紙張、石頭或畫布之間的關係，除了你自己，其他人不會介入太多。可是電影卻是個完全不同的創作媒體，它牽涉到大量的人力和資金。有人，就得有人事管理。

起初我還在想，我大可以直接當個藝術家放任地幹，總會有些製片人或其他人替你去管理。可是在我成為導演後，為了更有效分配資源去創作，我亦開始當上製片人，無可避免地發現了，為著各種原因，我必須成立自己的製作公司，於是在拍攝我首部電影時，就成立了自己的製作公司——正在電影。那時候我根本沒想過，這公司要用來幹什麼，那不過是為了方便簽約而存在，起初的幾年，公司甚至沒有發展，就隨便請了個助理，租個地方，幹著的還是很個人的創作。

可是後來公司漸漸地發展，從原來和幾個不同的創作人在銅鑼灣耀華街合租一個單位裡的一張桌子開始，直至十二年後的今天，在香港和北京都成立了工作室，同事人數由原來的一個助理，發展到現在二十多人的團隊。當有了一定人數的同事後，你就不能再如此自我，不能在你睡醒時才上班，因為同事們都在配合你，你必須要為大家考慮，也為了讓公司運作得更順暢。

於是我開始做一些我人生中不曾做過的事情，就是去買些人事管理的書籍來看，這點連我自己都感到驚訝，年輕時每次看到那些西裝人在書店裡翻那些工商管理書時，我都會嗤之以鼻，提醒自己永不會成為這種管理階層。但沒關係，反正我小時候，也認為自己永遠不會和女生交往。

這種書看多了，讓我了解到一家電影製作公司，跟其他企業還是有點分別，因為它不是一家純粹的商業機構，所以在管理架構上，它必須要有活躍的創作力，因此公司團隊不能太大。我認為即使工作再多，公司團隊實際上也不應超過二十五人，因為一個人能直接接觸和管理的人數，畢竟是有限制的。雖然有些管理學的說法，是應該保持在七十五人之內，但要是以創作為主導的公司，我認為還是應該更少一點，直接是二十五人之內，盡可能把其他的工種委外，讓核心團隊保持著可直接控制的少數狀態。

當公司同事愈來愈多，我開始思考，到底公司應該膨脹至什麼程度呢？於是我定下了一個方向，就是不應該膨脹到我無法管理有關茶水間零食和公司聖誕禮物的狀況。大概許多老闆或CEO都會覺得奇怪，這等小事，作為管理層根本不必去管。但我的見解正好相反，我相信治國如烹小鮮，茶水間零食代表著公司文化，只有在開心的工作環境下，才能有好的工作表現，尤其我們做電影創作這種以人為本的事業，讓同事們開心一點，大家做事時便會為公司仔細考量多一點。

因此，我公司的零食從不省錢，漫長的工作已夠痛苦，連吃點好的也沒有，就太過分了，因此我也特別關心這方面的消費，在世界各地旅行或工作時，碰到好吃的，定必會多買幾份放香港和北京公司，而有幾家外國好的咖啡豆供應商，也是我們定期越洋訂貨對象。我認為這種事情必須親力親為，因此零食部成了我直接管轄的範圍，我也會留意著各種零食的「銷量」，從而作出種類的調整。

我也常鼓勵同事，要是吃過什麼好的、喜歡的零食，趕緊記下來，告訴admin同事，好讓她整理大家的口味，讓茶水間能更貼近同事的個性。我年輕時在某些公司待過，發現他們的茶水間，連餅乾也沒一塊，我想這樣的公司，根本沒有考慮到員工感受，是不可能留得住人。所以對我來說，茶水間的零食質素，跟拍電影是同樣重要的。

而如果茶水間的零食是對內，那公司每年的聖誕禮物就是對外的形象呈現。許多年前，我就一直想為公司做一份專屬的聖誕禮物，送給工作伙伴、同事和客戶，可是每年臨近聖誕的時候，都總有著各種原因而推搪，結果在最後關頭，總是隨便送個水果籃或巧克力之類過去。當然每逢聖誕節，我也同樣收到不少公司送來這類禮物，無可否認，有些公司真的很願意花錢，送來的果籃和香檳都是名貴品牌，但我認為聖誕禮物不應該單單只是花錢，重心是對方能否看到你為這個事情所付出的獨特心思，因此我希望公司能有一份專屬的聖誕禮物，而不是隨便能在酒店或禮品店買來的果籃巧克力。

但每年總是東奔西跑的忙著雜務，一直無暇去弄，去年底本來想做，結果又不成。後來痛定思痛，我在想，要是不下定決心執行，這個事情就永遠無法做成，畢竟每年都總有事情要忙，工作時忙工作，沒事時忙著玩，所以在去年聖誕錯失機會後，我就馬上開始思考，今年的聖誕禮物到底是什麼。

正在電影是一家做創作的公司，因此應趁著聖誕節去欣賞別人的創作，所以我決定每年都邀請一位國際知名的藝術家，為正在電影做一份限量的禮物。

感謝好友SK的協力，邀請英國著名藝術家Will Sweeney，為正在電影做了三百隻「聖誕熱狗人」公仔。我總覺得熱狗這東西，是和電影緊扣在一起的，每次聞到熱狗香，都讓我有衝動掉下所有工作，跑進最近的電影院去。

為了這個聖誕禮物，SK、我和我助理團隊，花上整整一年時間，在香港北京倫敦三地，不知來回了多少個長途電話與電郵，每個意念，每種物料，都仔細研究。我喜歡這樣的工作，因為它並非一個為了讓公司帶來盈利而做之項目，沒有商業目的，只為做一件有趣東西和分享，這個變成了我在這一年中最愉快的工作，每星期去研究它的設計和進度，也嘗試各種的測試。

當然有些人會認為，與其花時間在這種小眾分享上，倒不如弄個更大製作；但對我來說，我毫不介意花上拍攝一部電影的精力與時間，來搏家人、工作伙伴和朋友的一個微笑。生命不在於取悅全世界，只要讓你身邊的人開開心心，就已是很難能可貴。

大概人到中年，感受突然有點不同吧，所以我目前的志願，只是希望能繼續營運家小公司，好讓我時刻都有閒暇去關注茶水間零食，和設計每年的聖誕禮物。希望收到這三百份禮物的朋友都會喜歡。同時，在完成今年的聖誕禮物這一刻開始，我又已開始構思著明年到底該弄什麼了。

重複一遍

替別人著想的人越來越少。每次錯過人家來電，重新收聽手提電話錄音留言時，總是沒幾個會關心別人感受，把自己電話號碼多說一遍。

另外，即使對方說了電話號碼也常常出現問題。首先，那個電話號碼是閣下的，你當然能夠記得清楚，也說得特別快。問題是，許多時候聽留言的人，根本沒紙筆在手，你高速地說了自己號碼，人家根本無法記下來。大家用慣留言也知道，一旦聽完留言，又要按鍵選擇把留言刪除還是儲存，跟著又要聽之前跳過的留言，也要回到主目錄，才能重新重聽留言（當然有些電話錄音留言的介面是比較 user friendly，有個重聽留言的按號，但對不起，Smartone 沒這樣功能）。於是幾經辛苦，兜了一圈，才能重聽留言者的手提電話號碼。可是聽了第二次，也只能抄到第六個字。結果弄了三、四分鐘，才能把號碼記下來。

會重複說一遍自己電話號碼的人，能考慮顧及別人感受。而這樣做的人，不是歧視，但通常都是年紀較長。許多時候，年青人咬字不正，經常呢呢喃喃地唸了堆符咒，彷彿怕人家會聽清楚。

在提倡自我的年代，能夠在別人電話留言中，重複說一遍自己電話號碼的人，實在格外可愛。

剝削剝削

大監製找人寫劇本，告訴他一貫市價，問可否打折。折給他，最後同意，訂金和付款比例談好。可是簽約時，他公司職員告訴你，他們這麼有名的公司，是不會在簽約時給你酬金五分之一，只能先給兩萬，待寫出來分場他們滿意才會付你餘款。我說沒關係，既然談好了你又不願執行，證明彼此價值觀不同，不如就此作罷，無謂勉強。

只是大監製不忿，四處說你人品有問題，不給一點面子。這個社會，一個願打一個願捱，買賣之事，你情我願，有強姦無焗賭（編按：強姦是被迫，但賭博沒人逼迫）。價錢談不攏，就江湖再見，得閒飲茶（編按：將來有空再聊）。怎麼你會覺得人家要按你期望去做？「跟我們公司做事，從無人是收正價的！」或許很多人渴望攀附你名字，可是對不起，也有人選擇合理薪酬。給面子這套，我在月尾無法跟業主說。

有人覺得你獅子開大口，你同樣認為別人在剝削你之剩餘價值。沒關係，時間能證明。要是高估自己的，就不會有生意上門，最後只落得路有凍死骨。

智者提醒，這樣是在剝削對方，因為你是在剝削了大監製剝削你的權利。跨進門檻付門票，可能大監製當年受盡別人的剝削，今日自然套用在新人之上。一旦反抗，那就是反對著這個遊戲規則，「人品」就有問題。但我認為收了錢，人就要發盡全力，如果數目不對，發力就變得不是味兒，所以我選擇完全不參與，這樣更好。因我最討厭是那些大小通殺，然後交出一堆垃圾行貨之人。

辛苦命

和風水師傅飲茶，他告訴我，看過我八字後，批定我這條命是辛苦命，力不到不為財，往後別心存僥倖，師傅說我能賺到的錢，都是靠自己的血汗換來。因此我在離開酒樓回公司的路途上，突然緩步跑了兩個圈，弄得自己身水身汗，才進去投注站，為累積多期沒人中獎的六合彩，買了張十個號碼的電腦彩票，花費港幣一千零五十元。

同事聽後譁然，追問哪裡來的內幕消息，大概對他們來說，沒有內幕消息的話，沒人會買一千零五十元六合彩那麼冒險。可是我深信正如師傅所說，我這條辛苦命，只要跑了兩個圈，付出的辛苦夠了，就會得到回報。結果看來還不夠，跑了兩圈，最後只中兩字，似乎得多跑四個圈才成。

作為創作人，你經常要保持童心，用純真眼光看事物，只是你的純真有助創作，但未必有助製作。天真固然可喜，但往往受苦都是身邊人。所以辛苦命的解釋，一定程度上，是指令身邊人辛苦的那種命。幸好我有自知之明，不喜歡要小孩，因為你老作為一個小孩，如何照顧得了小孩？也不該要一個小孩去養育另一個小孩，這樣對原來的那個小孩來說，太過苛刻了。

CHAPTER.04
在城市那瘦疼的背上

大象跨過的年代

小時候，跟父母到泰國旅行，欣賞大象表演。人家說，大象具靈性，小孩躺在地上讓牠跨過去，就會帶來好運。不記得那時是我堅持，還是父母縱容，竟真的讓我和哥哥躺在地上，任由大象在我們身上跨過。

後來過了幾年，這種大象跨過人的表演發生意外，踏死了遊客——果然，跨過了就帶來好運，跨不過，噩運就自然降臨，這種活動後來就停止了。

回想起來，到底是我們過去的世界很安全，還是以往對小孩太縱容？我們總是在孩提時代，玩著各式各樣的危險遊戲，大概當年還沒有消費者委員會的《選擇》月刊，去指出各項活動的潛在危險。公園的鋼架，毫無安全裝置的六米高滑梯，家長總放心地讓小孩在那裡嬉戲，記憶中也沒有聽過任何在遊樂場失足跌死的新聞。那個年代還沒有發明那些軟膠墊呢。是否現在危險多了，還是我們過去沒注重兒童安全？為什麼沒有防護欄、軟膠墊的年代，我們仍好像跌不死？可是到了今天，鼻屎般大的玩具，也可導致小孩窒息？是死神靠近了我們，還是我們的自我保護程式退化？

我總是懷緬那個被大象跨過的年代，也許只不過是我們的錯覺，生活永遠在他方，一蟹不如一蟹。

長大

我們由於沒有經歷肉體及時代苦難，總無法從成長中學會承擔，因此一直未能長大。我們會把兒時處理事情的方法帶至成年，一旦碰到喜歡的人，不知道該怎樣向她表白時，總是用著小學生的處事方法，老是跟她對著幹，找些事情來戲弄她，令她生氣，從而吸引她的注意。

有時抽身來看，你會覺得這樣的事情，簡直愚不可及，只是我們往往無法表達真正的情感。當社會沒有烽火連天，生離死別，微不足道的小事兒，就成為了我們感情路上的考驗。面對爭拗，我們才明白到自己是何等的不成熟，和不懂表達自我情感。

林夕說得對，我們這年代的幸福寄託，來自吃喝與揮霍。我們花上一千幾百元去看不太有趣的表演，聽聽相士說一些大部分在認識你十五分鐘後，就已知道的事——有時他還可說上八小時，從而尋找心靈中的慰藉。別人的認同，更勝自我的肯定，我們祈求心靈失落路上有人扶持，高人指引，其實到頭來還不過是付錢買個暖包寒夜取暖。要慶幸的是你我都沒有絕症，也不是處於二次大戰。生氣了，還可以傳個簡訊，send 個 e-mail，或是買一份熱烘烘的雞蛋仔，以表達個人的歉意。

回憶連線

總覺得回憶有點像網路的版面連線，隨便跳躍。有些時候，在回憶中的一個畫面、想法，便會連結到不同的年份和場景。有時想起來，不知道網路上的連線版面設計，是啟發自人類的回憶，或只是相同的巧合？

一個晚上，突然想起了自己曾經在什麼年份於飛機上度過一個節日，就令我想起了那次出席哥哥婚禮的事。

記得一九九八年的平安夜，我正乘著中國南方航空公司的班機，由洛杉磯飛往廣州。

那時我出席完哥哥在拉斯維加斯舉行的婚禮，正準備回港。機上差不多八成是旅美歸國的中國居民，因此他們大都對在飛機上度過聖誕節並不感到興奮。當飛機飛越換日子午線時，沒有倒數狂歡，沒有播聖誕音樂，服務員也沒有派發聖誕禮物，機廂內瀰漫著一片低沉的鼻鼾聲，除了一、兩個由上機就一直向空中小姐要酒的酒鬼外，人人都在爭取睡眠的時間。

但我在睡了個多小時就醒來，之後再也無法入睡，我因為肝臟功能欠佳，因此不能像那些傢伙一樣，試圖用不斷喝酒去把那機票票價賺回來。

旁邊坐著的是我弟弟，他亦在熟睡中，雖然我曾考慮過把他拍醒，跟他玩梭哈，可是最後我仍是放棄了。

我躡手躡腳從袋中拿出了一本書，這趟旅行，我帶了兩本書同行。分別是藍道・華勒斯（Randall Wallace）的《驚世未了緣》（Brave Heart）和龍應台、朱維錚所編著的《未完成的革命》。

《驚》我在從香港機場一直看到洛杉磯，抵步後第二晚就已看畢。那是一本講述蘇格蘭傳奇英雄威廉・華勒士（William Wallace）事跡的傳記小說。說實的，我對威廉・華勒士的認識，完全是來自梅爾・吉勃遜根據那本書改編而成的電影（編按：《梅爾吉勃遜之英雄本色》）。不過，這仍是一本娛樂性豐富的小說。

於是我拿出了《未》書來讀，此書收錄了康有為、梁啟超、張之洞等晚清主張變法的改革者之奏章和公文。

我是在香港狗屎式教育制度下長大的，在中學的中央課程對百日維新和戊戌政變的描述，是少得可憐的，是乏善可陳的。當然，他們強調課程中的什麼歷史事件成因、影響和結果，都只是些老掉大牙陳腔濫調，沒有足夠啟發我們對歷史反省的能力。

在《未》書的序中，龍應台卻將戊戌政變與八九民運作了一個對比。令人感到震驚的，是它們有著宿命似的相似。

一八九八年，日本有一要員伊藤博文來到北京晉見慈禧，康有為在晉見前向伊藤千叮萬囑，務請他與太后會面時，力陳國家之內憂外患，和改革之重要和迫切性。

可是伊藤還來不及晉見，政變已發生，倡議改革之士紛紛成為政治通緝犯。於是，有人決定留下來作流血犧牲；有人決定倉皇辭廟，流亡海外。國際輿論大都對北京的鎮壓作出譴責。

成功逃出國外之流亡人士，起先受到外國媒體的包圍，和愛國華僑的支持。時日稍久，部分流亡者彼此之間產生矛盾，互相攻擊，財務不清者有之，道德敗壞者有之。而在中國，原本喧嚷一時的改革呼聲突然噤聲。

這令我想起八九年的時光。

我出生得較遲，沒有趕上上一輩的嬉皮歲月，使我遺憾在求學時代並沒嚐過大麻。但除此之外，我亦沒有幸（或不幸）投身在重大歷史運動當中，固然遇不上五四、趕不及文革，甚至無緣碰上保釣運動——當然，後來又再遇上，不過卻是純屬一場處境喜劇，因此暫按下不表。

我是在麥理浩所謂「黃金十年」一時代，一片歌舞昇平中長大的一代，社會並沒有過往那樣風雨飄搖，令我們的政治和社會觸覺，開始退化和消失殆盡，就像人類的尾巴最後退化得只剩下尾龍骨的一小節一樣。

雖然，在那段日子，也有所謂基本法政制改革方案的風波，也有一小段上街遊行、焚燒《明報》的日子；可是這畢竟是由大學生主導的事，氣氛並沒有吹到初中生的階層。

一直認為，政治運動和動盪歲月，對於年青人的成熟和長大，未嘗不是一種很好的催化劑。這方面，我算得上是X世代中比較幸運的一代，我趕得上一個大時代——八九民運。那時的我，將我人生的精力和時間，投入了我平生第一次參與的政治運動當中。

在一百五十萬人大遊行前的一夜，我和同學不斷用電話相約集合事宜，由於我學過美術，因此同學們委派我設計一幅橫額。

大家對橫額上的內容毫無頭緒，於是就全權交給我處理，只是其中一位女同學提出了這樣的要求：「一定要有點與眾不同，才能從其他學校的旗幟中突顯出來。」

可是，我卻怎樣也想不出頭緒，到底要怎樣才可與別不同呢？對那時還不夠十六歲的我來說，我對這場政治運動的認識，實在太少。我的同學每天就回校討論，但說的都是昨天新聞播出的片段；老師一味說著老早就應推行民主的論點；我的母親看到軍隊入城片段就哭成淚人，一味猛說大陸政府的不是。我對六四的認識，只是來自這些片面的資訊。直到我在多年之後，看過李察・哥頓（Richard Gordon）及卡瑪・韓丁（Carma Hinton）導演的《天安門》（The Gate Of Heavenly Peace），一部由外國人拍攝的六四紀錄片後，我才對那年的民主運動有較全面的認知。

不過這已是往後的事。

那個晚上，我仍為著如何做一面「與眾不同，能從其他學校的旗幟中突顯出來」的橫額而傷透腦筋。最後，我得到了一個結論：既然是爭取中國人的東西，就畫上一面中國的地圖吧。

於是攤開了那白布，用紅漆勾勒出粗略的中國國境地圖，最後我大約猶豫了五秒左右，決定把台灣也畫上去，然後在地圖上寫上四個大字：「民主萬歲」

這是一句在那段日子，誰都叫喊過——或被引領而叫喊過的口號，算不上「與眾不同」。雖然當時並沒有特別注意到，但我可以想像得到，當日那女同學看到這一面橫額時的失望表情。

我們穿著印有吾爾開希頭像的T恤，在人海中握著橫額的竹桿魚貫前進，在一片〈血染的風采〉、〈我是中國人〉的歌聲中，向著摩理臣山道和皇后大道東交界處的新華社進發。

我突然想起了一個問題，於是轉去問站在身旁的小女生，我們大約在一個月前才開始拍拖的。

「喂，你知道新華社是做什麼的嗎？」

「什麼？我怎麼會知道呢？」小女生回答。

我很想問一下身邊的同學，但環顧四周，人人都投入了一片激情的叫喊中，我相信沒有人會想回答，亦沒有人能答我的問題。

突然間，我很想脫離這行列。於是當人潮從莊士敦道轉入灣仔道，一直走到活道交界處時，我把我所負責握著的竹桿交給了旁邊同行，叫喊口號最大聲的一位男同學，然後拉著小女生一起，脫離了一百五十萬人的偉大行列，躲進了位於那兒的京都戲院。

那天到底看了一部什麼的電影，我實在想不起來，只記得那是一部港產電影，我本來想找《電影雙週刊》翻查一下。只是我家中所儲存的，是由一九九零年十月十一日的三零一期開始的，因此無法查出來。希望有朋友可以找出正確的名稱，然後告訴我，我將會非常感激的。

雖然無法記得那電影的正確名稱，但我卻記得那是一部三流的港產片。那時我懷著一股自豪感地踏入戲院，自豪是來自佩服自己有脫離群眾，脫離一百五十萬人的決心和勇氣，雖千萬人而吾往矣。

可是當我步入漆黑的戲院大堂，卻發現原來我那自以為獨有的自豪，早已坐滿了大半間戲院，他們不是手臂上綁上黑絲帶，就是穿著王丹、柴玲等人的T恤。雖然大家互不相識，但彼此的眼神，都充滿了諒解和惺惺相惜之情。

哥哥茶餐廳

記憶，很容易是由片段互相牽連。

灣仔軒尼詩道有一間茶餐廳，食物不算得特別好吃，坐下來也不見得很舒服。可是我和朋友都喜歡不時去那裡聊天，因為朋友的公司就在附近，一旦相約，要說出地方的名字時，我們總記不起附近食肆的地點和名字。有時候，其中一方記起，另一方又不知道在哪條街幾號。於是我們都會慣性約在那茶餐廳，因為這餐廳，都有著我和他的集體回憶。

二零零三年四月一日黃昏，我們都在那裡聽到張國榮離世的消息。這茶餐廳變成為了我們懷念哥哥的思緒座標。我想不起它門牌號碼，也記不著它名字，對食物沒印象，對服務懶得關心，只是我們都記得，在那裡聽到此難以置信的噩耗。就正如我在土瓜灣回觀塘的小巴上，聽到朋友打電話來，告訴我家駒去世一樣。所以每當我乘搭這條路線的小巴，便會不期然在腦海中響起 Beyond 的〈情人〉。

我和朋友都原諒這茶餐廳的食物質素與服務態度，每次都不厭其煩地向對方說：「我們就約在哥哥那間茶餐廳吧。」

「哥哥」成為了我們在這茶餐廳的共同歷程。

時光飛逝，每次經過金鐘，看到新裝修的文華酒店，大概它的自助餐美味依然。只是在想，重新裝修後的文華，仍是昔日哥哥人生最後一站的那所文華嗎？我不知道。但我仍衷心希望那茶餐廳繼續保留零三年的模樣。

傷逝

和他分開了，你不會再想踏足他所住那區。過往一星期三天都會到他家吃飯聊天看碟擁抱，甚至乎他家人回來了，你就在樓下公園跟他拉扯，雖然殘障人士廁所不見得有多浪漫，但一刻的窩心，卻讓你老是不願歸家。可是一旦分開，你會把那區剔出生命以外。

原來香港雖小，但有些地點如不是感情維繫，根本不會踏足，它只是地鐵地圖表上的一站。地鐵經過，看著月台，你總有下車的衝動，去偷看他家樓下的看更，是否仍用很色的眼光瞄你的短裙。你不知道，因為你沒這樣的勇氣。深怕碰到他的姐姐，不知道他家人得悉你倆分手了沒有，要是不知道，還邀請你到家，那就未免有點尷尬。

節日到了，你想在他的傳呼台留一句祝福，可是深怕太久沒聯絡，要是只留你姓氏，又像太自信，你怎麼肯定他生活中只有你一個陳小姐？

多年後，因為工作關係再重臨那區，你們曾經流連的快餐店仍在，很有衝動叫同事們在這裡吃一碟粟米肉粒炒飯，同事們都怪你的品味差，怎麼會這麼難吃，還以為回到內地。可是在沒有煮熟的生米內，卻含著一段已枯死的感情。

「什麼事？」旁邊的男生問。

「沒有，只是有沙入眼而已。」

懂／不懂

美國著名心理學教授湯金斯（Silvan Tomkins）常在課堂上說：「臉部就像陽具。」——他說的，並不是像廣東話中的「X樣」。臉部擁有自身意念，我們雖可運用肌肉系統表達出不同情緒，卻壓抑不了不由自主的反應，從而在臉上露出所謂「微觀表情」（micro expression）。

正常人都有能力解讀人家臉上的表情，從而在正常人際關係中作出互動反應，可是由於現代年輕人多為家中獨子獨女，受盡父母溺愛，能解讀人家臉部表情的機會不多。加上長期面向電腦，造成解讀人家情緒狀態的生疏和缺陷，以致與人溝通困難，這樣的問題延伸至創作層面。

有志創作的年輕人，由於他們無法準確讀懂人家的反應，因此就無法在創作中呈現出來。就算他們空有好橋段，但如何在演繹橋段中的每句對白或身體語言上，也顯得乏善足陳，流於表面。電影要寫的，就是人際關係。所謂學創作，其實都是學習詮釋人世間的各類型關係。你可從戲劇中學習，也可在現實生活中摸索。許多年輕創作人強調自我，你固然可以我行我素，創作自己喜歡的故事，但並不代表你可不懂呈現當中角色的情緒。讀懂了，不理會是一回事；無法看穿及表現出來的蒼白膚淺，卻又是另外一回事。

轉台

環保省電燈泡被發現含鉛量超出標準數倍，雖在用電上環保，但在棄置上又污染環境，正好引證人世間沒有雙贏。凡事此消彼長，解決問題的同時，又衍生另一問題，跟電影《命運自選台》（Click）（台譯：《命運好好玩》）命題吻合。

影片講述建築師麥克，為了妻子兒女生活過得更好而努力工作。可是漸漸工作卻掩蓋了家庭生活，為了逃避家庭煩惱，有天他獲得一個神奇遙控器，發覺可以操控人生，跳過所有無聊、噪音的「片段」，也可回到被遺忘的美好時光。可是遙控器卻漸漸記下麥克的喜惡模式，自動執行指令，令麥克的時間不能受控，錯過了無數人生和子女成長的片段。

人生從來矛盾，為了家庭福祉努力工作，到頭來導致家庭沒有幸福，正正是你的工作。矛盾互相糾纏，正如我們過去發明遙控器，就是為了方便我們，不用走來走去轉台，可獲得更多的選擇。只是在遙控器發明後，我們這些在遙控器下長大的一代，就被社會學家認為沒有耐性，不能承受挫折。因為過去在沒有遙控器的時候，我們對於不大好看的節目，還是學會包容忍耐；可是有了遙控器，只要有稍為半秒不順，就馬上轉台。

心理學家認為，這樣令到年青人變得沒有承受任何苦難的能力，長大後一旦人生遇上挫折，馬上覺得無法承受，想跳離這個空間，於是青年自我了斷的事件頻生，就正是源於他決定要「轉往另一個頻道」。

名片

出來工作，不妨儲自己的名片。名片是你事業里程碑，也可能是墓誌銘。多年後重看，格外感觸。

你的第一張名片，許多時候不是你的第一份工作，因為你首份工作的職位，可能渺小得連公司也懶得花上一百幾十元替你印製名片。幾經辛苦，爭取到一張名片，就已算是個光宗耀祖的小成就。當然有人馬上設下目標，要在公司內爭取一個獨立辦公室。重看名片，你會感到陌生，原來你曾經有過這樣的一個手提電話號碼，在沒有帶號碼轉台的年代，電話轉了三個月後就開始淡忘。有用過這個傳呼號碼嗎？沒印象，難免女生都說你薄情。

自從離開那公司，已經很久沒有到過鰂魚涌，曾經每天在鰂魚涌的地鐵站步行回公司。花了很長時間才弄清楚鰂魚涌的A、B閘口方向，一旦走錯，就得多花上十分鐘路程。當年努力地攀爬上的銜頭，今天顯得分外笨拙。曾經在短命公司當過短命高層，並沒什麼值得可喜。今天商業登記普及，即使你不是競選港姐，也可以花二千六百元申請商業登記，讓自己做個CEO、COO。

重看舊日以為是一登龍門的名片，沒想過科技泡沫會破滅得如此飛快，公司還替你在卡片上印上昂貴的凸漿，紙質也用上紋理的剛古紙，同事們都說單是名片每張印費就要一元，摸上去的質感甚佳。現在看來，就像觸摸著墓園工人刻鑿的碑文。

到底人民還需不需要《黃頁》？

如果閣下短期內沒有打算向任何人逼供，也沒計劃在書角製作定格動畫的話，那我們到底還該不該在家中保留那本《黃頁》分類電話簿？

對我們從沒有網路過渡成為「ＩＴ人」的一代人來說，《黃頁》分類電話簿讓我們感到踏實。黑膠撥盤電話放在鋪著白色織花襯布的茶几上，茶几下格就必定放著兩本厚甸甸的《黃頁》，彷彿靠著《黃頁》的重量作壓倉物，才能鎮得住茶几，讓這個代表家庭和外界唯一聯繫的小神壇，顯得特具分量。當然有些時候，在《黃頁》上面，除了些舊報紙外，還藏著父親買回來的《藍皮書》。

過去電話是唯一聯繫，也是權力象徵。電話使用權和電視遙控器持有權，是家庭內兩個權力體現的戰場。父母和兒子兩代之間爭奪，到同輩又互有內鬨，而《黃頁》就成了聖壇的解碼器，彷佛是《金電視》的節目表一樣。今天權力下放了，人人手中有手提電話、傳呼機，甚至是BlackBerry，電腦也能上網，電郵、ＩＣＱ、ＭＳＮ，四百呎蝸居有超過十條頻道與外界溝通，電話號碼也能上網查到。過去《黃頁》重典典的權威分量，今天看來格外礙眼。

我家早已在數年前已經把家中電話取消，但仍留一本《黃頁》，似乎象徵大於實際，彷彿就像老人家都要留本黃曆，只求那份平安感。

短聚

時光荏苒，再次跟她碰上，鼓起勇氣提起她男友的名字。她說要不是你講起那男人，我也早已忘了。女人好奇，為什麼你會記得她生命中一個過客的名字。

「你和他很熟的嗎？」

不好意思告訴她，其實你和他只是點頭之交。記得他的名字，其實完全是因為那天全靠他，你和她才有機會見面，他成為了我倆之間的唯一聯繫，當然也是欲進一步聯繫時的隔膜。高興的，不只是聽到他們分開，而是女人那種平淡的語氣，你知道這個男的，早已在女人心中不再重要，在她心靈的最深處，那個位置正好懸空，雖然你不知道自己拿到幾號順位。

可是感情不是星期日到酒樓等位飲茶，從來都有像卡拉OK之插播功能，遲來先上岸，沒有什麼可怨。偶爾看到有人從龍尾繞上來，最多也只能報以一個幽怨的眼神，根本做不了什麼。

「我是很無情的。」女人怕你不知，沉默過後補上一句。

很想告訴她，這個都市，誰不是。多少曾經在街上熱血沸騰的人，到了今天，早已記不起董建華（編按：香港首任特首）和他夫人，也想不起葉劉淑儀（編按：香港首位女性保安局局長）的面孔。原來一旦人生相聚的十五分鐘已過，一切眼淚思憶都是徒然。

時辰一到，上帝恍如時鐘酒店的櫃枱職員，向你敲門：「老闆，要加時嗎？」「謝了。」洗個熱水澡後就該離場。

好事不好

公司所在樓宇樓齡長，升降機殘舊。雖升降速度頗慢，亦時常須維修，卻有一好處，就是因密封不夠，加上材料薄，手提電話仍能接收訊號。即使邊講電話邊進入升降機，不但不斷線，聲量也不減弱，跟你講電話的人，甚至從沒有發覺你乘過升降機，於是出入也可以繼續通訊，而且不用靠緊升降機門也能收發簡訊。

這事有好也有不好。如升降機接收不良，碰到不想講下去的電話，大可以敷衍說：「我現在進升降機，遲點再跟你說。」可是升降機接收如此清晰，卻換來無法逃避的藉口。人家知道你進公司大廈升降機，講電話根本不礙事，真正想中斷對話的，是你的不耐煩。

有朋友雖有手提電話，卻從來不開，只會轉往傳呼台，因為他認為大部分通訊，並不說著事情重點，而是些客套說話。在現代社會，要是太匆忙掛線，會被視為不禮貌，於是大量充斥著一些「嘻呵吓唏」的開場白和結後語。朋友認為浪費時間，因此用傳呼機作選擇性回覆。公事就簡單的回他電郵；若真正朋友聊天，就會找個時間跟他碰面。

現代通訊發達，有時甚至是太發達，變成障礙，彼此沒有靜下來的空間。即使回到家，人家還是會想，怎麼他還沒有上MSN？是封鎖了我嗎？彼此距離太近，感情變成活剝生吞。有時連親熱都不用，乾脆就傳張性感自拍照給他，或在線上說兩句色話調情就算。

科技新歡

新科技有點像男人的桃花。新歡出現，你才驚覺自己幹嘛能夠容忍舊愛這麼久，於是急著跟舊情人一刀兩斷。只是新歡當中也有數個選擇，你能肯定誰能跟你長相廝守嗎？還不過只是一段霧水情緣，轉瞬即逝？你無法確定。悲歡離合本是平常，但你卻不想為了段霧水情而費盡心機。

三十歲以上的人要是不清楚說什麼，你還記得MD嗎？當CD推出，沒有人再買歌手卡式錄音帶時，大家就討論著或許不能徹底淘汰錄音帶，原因是CD沒有燒錄功能。可是MD一出現，朋友們都興奮萬分，音樂終於可以被保留，於是朋友都進行浩大工程，把所有卡式錄音帶曲目，重新以CD燒錄，轉到MD上。可是沒幾年光影，MD就被可燒錄的CD淘汰。這個格式仍未興起，就已退潮，其退潮速度遠比LD影碟還要快。還沒高潮就要重新穿上衣服。當戀情來到時，我們還是該冷靜下來，給點時間去沉澱，過段日子，還屹立的，才是真正主流。

直到今天，每次看到堆積在抽屜中的MD和MD機，都恍如看到舊情人留在你家中的舊拖鞋般尷尬，尷尬中也帶有一絲隱痛。

拋棄專員

近日忙著搬屋，想把一些平日老擱在家中的書和影碟都搬回公司。在分配東西時，也想把些自己一直不用的東西棄掉。有許多全新沒有拆開過包裝紙的東西，有些是人家送來的禮物，部分則是自己買回來沒有開封，都想全數把它捐到救世軍，轉贈給有需要的人。一直以為要是把東西這樣捐出去，剩下雜物不會太多，最初我還擔心新居會否有點空洞呢。只是一收拾東西，才發覺自己是病態儲物狂，不論實物和精神上兩方面的收集癖也是。每想丟棄一樣東西，右腦就會提醒左腦：「這東西蠻有意義，該值得保留啊。雖然它沒有什麼用，放著礙地方，可是它代表了……」最後還是掉不下去。

該培訓些專門的搬屋人員，不單為你收拾東西，而是替你進行簡單面試，了解你的人生後，由他全權決定什麼東西值得保留和丟棄。要是有這麼一個拋棄東西專員，我覺得舊居百分之八十的東西都不會搬進新居，問題是你在聘請這個拋棄專員時，須先賦予他無上權力，一旦他決定棄掉，即使那是你與初戀情人的信物，也不能提出反對或辭退他，也不可把他丟棄的東西拾回來。因為畢竟在精神層面上的事，能憑時間把它洗擦拋棄掉。可是儲著滿屋的實物，要不是來場火災地震或戰亂的話，我們總是對舊事物依依不捨。在太平盛世時，外力介入是必須的。

永恆之主題

香港電影的問題，往往在於有故事，卻無主題。

在創作時，抓住了精彩的事件，曲折的經歷，傳奇的人物，我們把它構築成一個故事。只是塵世每天盡是生死愛慾悲歡離合，我們怎決定該把哪件事情放進故事中，誰家事蹟值得刻鑿於底片之上？這樣須考慮到，到底事物能否呈現出一個主題，這個主題就是創作人本身要賦給故事，有時可能當事人本身也未曾發現。等於海明威看到了有關老人捕魚的新聞後，卻一直把它留下來。到多年之後，才把它寫成《老人與海》這部經典作品。

《老人與海》故事是描述老人在捕魚時，跟大魚之間的掙扎。最後，拖在船邊的大魚被鯊魚搶奪，雖然老人終把鯊魚殺掉，但大魚已被吃得只剩下一副骨頭。這是一個故事，但同時間呈現出一個主題，那就是在鬥爭中，沒有一方能夠獲勝。大魚、鯊魚和漁夫在這個搏鬥上，也未嘗得到丁點利益，這是故事所呈現的主題。

尋找故事的主題是導演的天職，也是對故事的一種昇華，這是作為拍攝電影時一直依據的目標。明白故事的主題是什麼，那就會方便你的創作。這樣在緊張的拍攝期間，你便不會迷失，正如船長手握可靠航海地圖，在驚濤駭浪中，他知道自己要駛往哪方向。很多時候，拍攝工作難以預計，突然出現問題，有時要剪掉兩天的戲份。一旦你知道故事中心所在，你可以刪去沒傷及主題的情節；要是自己拿不準，結果弄致傷筋動骨的，可能正是你自己。

過去曾在電台做清談節目，每天早上七時至十時。三小時內，基本上就是跟其他主持人討論時事。由於起得早，清晨五時半便回公司開會，比一般聽眾都早看報紙，因此我們可以把新聞拿出來討論。但最重要的，是我們除了比聽眾早讀報紙，然後用嘴巴在大氣電波中覆述一則新聞外，更需找出一個自己的視點，就是為新聞故事尋找一個主題。那個主題可以本來在新聞中並不存在，是你個人賦予。也許別人不認同，但這是你對此事的獨特觀點。可是有些主持卻不明白，以為討論一個新聞，就是把整段新聞唸出來，然後隨便說句「那人真慘啊」作為結語來蒙混過關。這種評論，其實並不賦予哲理性，基本上和酒樓鄰桌的師奶，或維園老伯口中所說並無分別，這只是三分鐘內得出的結論，沒有對事情作出提煉，也沒有加進評述者的智慧。

我們看一件事，不能只看表面，而該從此事引申到別的事情上。

有次看到一段國際趣聞版的短報導，一名英國飛機師，童年夢想就是拿著一大堆的氫氣球，把自己升上天空。待升至某高度，就放手從空中跳下來開降傘。其實這是個簡單道理，理論上是可行的。只是從來沒有人做過，大家除了當笑話一則外，就大概只能在《必必鳥與威利狼》（Road Runner & Wile Coyote）之類的卡通片內才看到。可是當那機師退休時，他決定把這個計劃付諸實行。於是他綁著百多個汽球，一直升到一萬二千呎高空，然後把繩子割斷跳傘跳下來。最後此事被列入了金氏世界紀錄大全。憑這事，我們看到什麼？當然最簡單的，你可以說「真瘋狂啊」，「真會有人這樣做呢」。

但這事其實有一定的象徵意義，它隱藏了萬物的玄機。在這個行為上，哪一段時間最危險？其實並不是升到一萬二千呎高空，而是升離地面超過三十米又未達至一千米前之間，因為這高度可以跌死，而又未達至降落傘能夠打開的距離，人生中任何時候都會遇上這樣的危險，世間所有事情，到達了某一極致，就會有種防護機制，令到當事人免受傷害。就正如犯罪一樣，大多數時候，我們社會也沒有辦法捉到大奸大惡的人，因為當一個人犯罪到某一個層次，就找到一個防護機制，例如可以僱用非常傑出的辯護律師團替他洗脫罪名，更甚是他本身可能就是當權者，會把一切罪行，以法律之名賦予合法的地位，因此我們捉不到這個階層的人。正如當汽球升到一千呎以上時，那機師就可以打開降傘，因此我們就只能抓到在這個階層以下的罪犯。當然要是他犯的事太少，例如只是偷鄰家女生的內衣褲，可能我們也很難抓到，這種罪狀實在是太微型，正如還未至三十米，跌下來也可以承受。

從氫氣球跳傘一事，我們能套進社會上各種階層的人。許多成功人士也需要突破這個一千呎關口，一個能夠展開良性正回饋前的里程碑。突破了，你將會是英雄豪傑；不能突破的，就只會是悲劇人物。電影中，主角往往有著這樣的命運。當你找尋一個主題，我們就能從此新聞出發，去構想這機師生命中的其餘問題，他能做到這個，但他的感情關係能突破這缺口嗎？他與親人的感情，又能否承受得到這般風險？沒有主題的故事，有點像沒有獲得高潮的性愛。過程可能精彩，但到最後，會有種若有所失的茫然。激情過後，卻有點不是味兒。

形式世代

沒否定形式的意義，只是現今世代，形式經常取代了內容。

一個導演拍電影，每場戲鏡頭該放哪裡，重心不是因為那個導演近期看了什麼電影，也不是他能想到什麼奇怪角度，而是應該從那場戲出發，先問自己這場戲的重心是什麼。是說話那個人？或是受眾？還是要站在第三者立場？繼而決定每個鏡頭的調配。

一場戲的重心，就是來自這場戲在電影內的結構和象徵，為什麼要拍這場戲？並不是因為希望為動作而動作，為情慾而情慾。每場戲的存在，就是建構在你想說什麼樣的故事。這個故事說什麼，背後的象徵意義就代表著導演本身世界觀。一個導演就算不懂編劇，也該懂說什麼故事，因為這也代表著你的一種態度。生命苦短，一生可拍多少部電影？你不會笨到去拍攝一個連自己也不相信的故事。因此你想說什麼，便該呈現在故事當中，然後一直層層推下去，直至到決定你用什麼鏡頭拍哪句對白。

只是現在大家中MTV的毒太深，經常選擇拍攝些奇怪角度，藉此炫耀自己技巧有多高，懂得把攝影機藏得有多刁鑽。就像八十年代港產功夫電影，文戲劇情不過為導向下一場武打場面而設，為打而打。不知道為什麼一間正常房間，也會放滿玻璃，結果原來只是為了讓主角去撞破它時，效果好看一點。

糜爛

台北街道起伏不平，建築物建於行人道上，在馬路旁有柱子撐著，彷彿成為一個簷篷頂，走路時可擋雨，甚方便，香港還有這般舊式建築的，都在上海街。

每截行人道，就由地下商舖自行負責鋪設，於是人人設計不同，各有差異。你喜用磚，我想鋪瓦，有些店舖需要下貨，於是把面前的行人路改成斜坡，方便手推車進出。因此在台北街頭走路，恍似陸上滑浪，高低起伏。要是跟漂亮美眉聊天，一不留神就會倒地出洋相，當然也增加你英雄救美的機會。

這種事情擾人不方便，在香港的話，早就會把它統一，全部剷平，只是這也是我喜歡台北的一種感覺。那是一種糜爛，一種每店舖都有各自空間，每截路都有自己個性的糜爛。它不方便、擾人，沒有什麼好處。各自空間，彷彿是缺陷，才是真正人生。我們在道上走，就要容許每間店舖有自己的風格。

現在全球正追求彼此一體，可是在一體化之餘，就削去各自特色。在台北走路，能重拾那種糜爛。後悔當初在見到馬英九市長時，沒有叫他重開西門町的賓果遊戲及鋼管舞。在我唸書時，台北恍如一片歌舞伎町煙花地，今天唯一保留下來的，就只僅有那高低凹凸，顏色不同的行人路。

啜

她喜歡啜他。在看電影時，她喜歡拿著他的拇指來啜，彷彿回到嬰兒時期的哺乳階段，拿他的拇指放在口中，才能感覺愛情的真實存在。

她有個疑問，到底一個人是否有靈魂？要是有靈魂的話，能從他的拇指中，把靈魂啜出來嗎？即使不把整個啜出來，也可啜走他的部分靈魂。把靈魂吞進去，永久擁有他。

失去靈魂，或部分靈魂的他總是茫然失措。他說自從認識她後，便開始不記得電影中的劇情，到底誰是兇手？那個男不是已死了嗎？幹嘛又回來？這是回憶劇情嗎？還是現在式？一切都變得不再重要。

過去關心的：今晚吃什麼？卡拉OK紅有房嗎？這星期到赤柱燒烤嗎？英超今晚賠率多少？誰訂燒烤爐？一切都不再重要。他最關心的，是什麼時候能再在她口中茫然失措。在公司按著電腦鍵盤時，左右手的拇指，都只是用來拍打 space bar 的長鍵，彷彿沒太大用處。當然他知道，他拇指的最大用處，就是用來安慰她的心靈。一想到這，就不禁在同事面前傻笑起來。

冗長的會議上，他老是想著今晚該坐在她的左邊還是右邊。要是坐左邊，就該用右手搭她，那她就會啜他的右拇指；右邊的話，她就會啜他的左拇指。還是坐右邊比較好，因為他右手指甲忘了清潔。他一臉歉疚，在討論著公司下年度重大計劃的同時，卻暗自享受著這微不足道的歡愉。

垮世代：狂野，同時要坐下動筆

我喜歡的作家，有兩個傑克。雖然他們的文字風格很不一樣，但不約而同，都有著一顆躁動不安的心靈，必須不斷往外跑。當然，這些都是西方評論的說法，要是他們生活在中國古代舊社會，就有可能被李丞責（編按：香港堪輿學家）批為驛馬星動。

他們是傑克．倫敦（Jack London）和傑克．凱魯亞克（Jack Kerouac）。記得年青時一開始感動我的，不是傑克倫敦的小說，而是他的傳奇生平，包括那段勇敢而魯莽的遠洋環球大冒險。年輕時有段時間，我急著想展開這種海上冒險，於是拉著我表弟一起到工聯會報讀了二級船主和大副課程，已忘了為何讀完課程後，卻沒有去考筆試拿牌照，但總算搞懂了引擎原理，雖然我認為要是在大海中一旦出現任何引擎故障，除非是極度簡單的人為錯誤，否則主要機件爛掉，那根本沒什麼可以維修之餘地啊。

與傑克．倫敦不同，傑克．凱魯亞克和他的一幫垮掉的一代作者群，就比較熱衷陸上的冒險，也不只體能上的探索，而是心靈內在的實驗，例如五十年代一系列迷幻藥測試。

前幾天到台灣勘景，在晚上擠出數小時，跑去敦化南路的誠品，竟然發現比爾・摩根（Bill Morgan）的《打字機是聖潔的：最完整的垮世代傳記》（The Typewriter Is Holy: The Complete-Uncensored History of the Beat Generation）之中譯本。作者是長期擔任多位垮世代作家的編輯和檔案管理顧問，他記錄了第一手有關垮世代之結識、成長、創作、崛起和落幕的最完整記錄。

垮世代是一群成長於四、五十年代，努力擺脫保守社會的放蕩年輕創作人。用上創作人這名詞是之後的事情，那時候他們花在喝酒、派對、盜竊和吸毒的時間及精力，應該遠超於用在創作上的時間，而這一群創作人終其一生，也不停在被捕、毒品、複雜性關係與兇案中穿梭，要是刪掉有關寫作那部分，《打字機是聖潔的》更像是一群不良少年或年青幫派的發展史。

記得年青時聽過傑克・凱魯亞克這名字許多次，《在路上》（On the Road）一書的名聲也夠響亮，但不知什麼原因，那時候一直沒去看，反而後來吸引我的，是一部講述凱魯亞克的同性好友，也是刺激其靈感的繆思，同是垮世代重要一員尼爾・卡薩迪（Neal Cassady）的傳記電影。

卡薩迪一生從未獨立發表過著作（雖然他花了多年去寫自傳，卻一直沒完成），但卻成了啟發垮世代作家的重要一員。他年輕時是一個糾纏於男性與女性之間的雙性戀，加上酷似保羅紐曼（Paul Newman）的外形，讓他交上了大堆朋友、性伴侶和愛慕者。他號稱一生偷過五百輛車，雖沒有從事創作，卻常浪跡於美國各地，把他泡妞和鬧事的經歷寫在信裡，然後寄給凱魯亞克或其他垮世代成員。大家從他直白率真的文字中得到啟發，在創作中用上日常俚語，擺脫舊有小說文字的那種疏離和隔膜，讓四、五十年代的垮世代創作，與中國五四運動的我手寫我口，有點遙距呼應。

曾在不同的文章中讀過一些卡薩迪寫給朋友的信，畫面感極強，雖然內容全都是些隨街搭訕或泡上有夫之婦之類的不堪經歷，但只要撇去道德觀，其實卡薩迪是擁有無容置疑的個人魅力。電影《相戀不如偶遇》（The Last Time I Committed Suicide）就是根據他的信件所改編而成，記得那時候拿到首映會戲票，看過電影後，不禁為這幫垮世代創作人而著迷。

過去偶爾被批評，我的創作主題總圍繞著自己。後來發現，其實創作從來都應該由自身出發，你需要的不是要把自己撇走，去寫一些你不認識的故事，而是如何從第一身感受出發，把它變成大家也能共鳴的故事。

自此之後，我開始研究垮世代的不同作家，從凱魯亞克的《在路上》，到威廉・布洛斯（William Burroughs）的《裸體午餐》（Naked Lunch）。你會發現，當年被政府定為禁書，甚至書店職員因販賣而坐牢，在過了三、四十年後，都成為了經典。

許多時候年青人都會問，如何成為創作人，其實創作是件很吊詭的事情，放浪形骸固然重要，因為那是對自己內在心靈和對世界之冒險，但放蕩狂野不代表失控，在尋找刺激和跳出框框之餘，必須保持著一定的平衡。垮世代中部分有才華的作者，一世都在酗酒、毒癮和戒毒之間消磨拉扯，最後沒有創作什麼完整作品出來；相反，有些卻能在年青冒險時得到啟發，寫作不斷。

我很喜歡歌手 Eminem 主演的電影《八里公路》（8 Mile）（台譯：《街頭痞子》），結尾確實太酷，當他贏了那個 rap 比賽後，大伙朋友說轉場到別家迪斯可時，他卻獨自轉身回去寫歌詞。創作就是這樣，既要狂野，又要耐得住寂寞的坐在桌前；當野性的呼喚出現時，我們又要毫不猶疑地動身上路。每次讀著垮世代人士的故事，總有種揹起背包的衝動。

小秘密

我認為不生活於那個城市，很難創作關於她的故事。城市就像枕邊人，你不是每天碰到她，是很難留意到她身體上的些微變化，她每一吋的肌膚，你沒有細心的打量親吻過，是不會留意到腰間的小痣，或在腳踭處前兩天刮傷的一道瘀痕。

城市亦是一樣，時間飛逝，總會留下歲月痕跡。喜歡近年政府把港島區不同階段年代的海岸線都標記出來，每次經過，我都會稍稍駐足細看。在標記的地方，都會說明這是什麼年代的海岸線，原來一百多年前，電車路才是灣仔區的海岸。你可以想像一下，要是坐船從電車路到會展新翼，差不多要三、四分鐘的船程，難怪年長的居民，都能確切感受到維多利亞港窄了。當然，你不能幻想是坐車子，因為從電車路出海傍，要是在繁忙時間，就至少要塞上十五分鐘了。

即使對著不斷排放二氧化碳，三線行車的告士打道，很難想像這裡曾經是六十年代的海岸線。

就算是近年在城市裡發生的事情，也有影響著城市的些微變化，雖然事件過去，但仍於她的雙臂留下點點烙印。

每次走過灣仔，看到鋪在路上的紅磚，磚頭與磚頭之間的隙縫，都被塗上了強力膠，這是源自二零零六年世貿部長級會議，南韓農民來到灣仔區示威，企圖突破警方防線衝到會展抗議。警方嚴陣以待，深怕反世貿示威者會突然失控，所做足的預防措施。

記得那時候，警方把灣仔區沿途的垃圾筒和修路用的圍欄，這一切在附近能搬得動的雜物都收起，也把行人道路面的磚頭塗上強力膠。結果發現，這憂慮有點多餘，他們根本沒有撬起磚塊的打算，大概對當時在菲林明道的示威者來說，這樣的事情根本不划算，還不如他們直接衝擊來得震撼。我想今天走在路上，已沒多少人記得這事件。

而路旁的欄杆，都被重新漆成銀色，那是因為二零零八年五月，香港傳遞奧運聖火時，需途經灣仔區，於是政府急忙在幾天前，於沿途地區，重新為欄杆塗上銀色，以示隆重其事。

這些城中小逸事，沒有被提起記下，就會被遺忘。我喜歡留意小事兒，大概是我對這個城市、這些社區的小癖好。偶爾到外地，碰上同樣從香港來的人，大家談起同區的瑣事，都會分外親切有共鳴，就像在小學舊生聯歡會上，與舊同學一起討論某位女教師在上樓梯時，被男生偷看裙底春光；或某個訓導主任如何猥瑣一樣。別人看來無足輕重，卻在私密圈中飴如甘露。

CHAPTER.05

後記　致某某與某某某

給我家清潔阿姨的備忘錄

阿姨：

你好，首先，很感謝你來我家幫忙打掃和清潔。請原諒我是那種害怕在陌生人面前說話的人，雖然我經常出席一些公開場合，但其實我是蠻害羞的人，特別是談及有關家中的情況，比較不願意向別人直說。因此我還是選擇一種比較迂迴的方法，就是把那些想法寫下來，然後以書信形式告訴你（我不知道你會否看到喲）。

阿姨你可能服務過不同的家庭，但請你相信我，本人跟你過往服務過的人，可能有點兒分別啦。這個跟我的星座有關係，但在此我不便詳細敘述。

現在我把想到的東西記下來告訴你：

一、由於我之前長期在不同的酒店飄泊，所以對酒店產生一種厭惡感。因此我希望找個安定的家，但在厭惡的同時，我又慢慢養成了習慣。雖然我不希望看到收拾房間的人員，但卻喜歡看到有收拾過房間的痕跡，因此希望你能在打掃我家的時候，把洗手間座廁旁的廁紙開端，重新摺回那三角形的尖角，讓我知道這廁紙今天被你處理過。

二、晚上有些時候，我會醒來看一回書，因此我希望床頭永遠會有一瓶礦泉水。要是你看到那瓶礦泉水多於一半時，你不用再添加；但你發現那瓶少於一半時，請在床頭再放下一瓶新的，好讓我晚上醒來看書時，喝完後可以補加。同時你發現廚房內那些礦泉水沒有存貨時，請替我訂回同一牌子。礦泉水送來後，煩請把箱子拆開，至少拿出三瓶放進廚房枱上。

三、在衣物分類時，請不要以顏色作為分類的準則。對，有些短襪的顏色較斑斕，但其實不屬於我太太，而是我的。

四、放在門口的那排鞋子，請替我排好次序。所有在家中穿的拖鞋，應該排在最入面，在外面穿回來的球鞋，不應比拖鞋放得更入，這樣會容易弄髒地板，最後拖鞋也會被沾污。我討厭這個混亂的次序……對，弄亂的那個人應該是我。你一旦發現，請替我重新排列。

五、床頭櫃內，放著一疊用完即棄的熱敷眼罩，你在清潔東西時，請留意一下，要是發現沒有了，請到我的雜物櫃內拿取添補回來。

六、我希望把家中的濕度保持在百分之六十或以上，因此請留意每個加濕器的儲水情況。有時候雖然加濕器內還有水，但要是它沒滿的話，請馬上添滿。因我每晚都把加濕器開著，未到天亮前，加濕器的水已用完，所以煩請每次離開前，都要把每個加濕器注滿。

七、家中每件玩具的造型都是我故意設計的，清潔過後請盡量放回原位，但請勿改變他們的姿勢和造型，因為一定程度上，它們是本人的裝置藝術。

八、有時候你會看到桌上那些很大粒的話梅，被咬了一小口，那是我從香港帶回來的么鳳話梅呢。請放心，那不是被老鼠咬過，而是有時候因為存貨不夠，因此我不願意把整顆吃掉，只咬了半口，所以請勿把它丟掉，情況如人家酒喝了一半，把餘下的酒存起來一樣，敬請注意。

九、你能否把我家中那些白光燈泡，全部更換成黃光呢？我特別討厭白光，要是我喜歡這種白光，我可直接搬到香港那家叫海皇粥麵的店去居住。每次看到這種白光，我都會有種衝動想交待案情，供出誰是主謀。還有，要是你去換燈泡的時候，北京電器店師傅告訴你這已是黃色燈泡的話，請不要相信他們，務必在店鋪測試一下，我就是因為這樣被他們坑了，才買下一大堆號稱是黃燈的白燈泡。就算勉強稱呼，那都只可說是白燈有點黃，而不能直接叫作黃燈泡。

十、請記住，要是我的茶壺沒有放到洗手盆內，那表示我還要保留內裡的茶葉，切勿替我清理掉那些茶葉。除非我把茶壺放進洗手盆，否則茶壺放在哪裡，都是代表我想保留那些茶葉，待明天加水再沏的。

我暫時只想到這些，我會再整理一下。要是再有新想到的，我會給你發另一份更新之備忘。我承認我有點龜毛，但我其實是一個容易相處的人，對嗎？良好和詳盡的溝通，是人類融洽相處的基礎，因此我決定放一塊溝通板在廚房內，讓你寫下每周來清潔的時間表，而我也會給你一些補充物資的資訊，感謝。

給新演員的信

有時候覺得，香港電影總是匆匆忙忙。由於拍攝時間太趕，總是連好好溝通的時間也沒有，大家變得容易暴躁。回到家中，想了許多，決定還是把它寫下來給你。

拍攝時，有時我脾氣很不好。對此我很想跟你說句對不起，其實很想跟你解釋一下，為什麼那天拍攝時我很生氣。那天正拍攝你一個特寫，你在餐廳的櫃枱上慢慢地移靠到枱面，然後看著前面監視的一個目標。可是當你俯身靠下時，手肘無意中碰到旁邊的一個玻璃瓶，發出了聲音，於是你向著鏡頭說了句：「噢，Sorry！」那刻我確實有點生氣。為什麼你要說 sorry？那個鏡頭本來就沒有對白，因此我們收音只不過是收一個環境聲，要和不要都行。要是碰到瓶子發出聲音干擾的話，我們可另外補一個環境聲，代替進去。

問題是，為什麼你要 say sorry？你說你怕碰到那瓶子，破壞了畫面不能用。我有說要 cut 嗎？要是導演沒說 cut，就證明演出可以一直做下去，你對那意外根本無須作任何的反應。你也不知道我們鏡頭的畫面要看到哪裡，你怎知道碰到那瓶子就會影響畫面的構圖呢？可能在鏡頭上根本看不見。更重要的是，我們在現實人生世界內，經常做這個俯下的動作，手肘也經常碰到東西，那也是自然不過的行為。除非感覺很突兀，導演才會叫 cut，否則的話，根本就可以容許它的存在。

也許你會覺得我吹毛求疵，你只是為了效果好才說句 sorry。但我想告訴你，這正正是我生氣的原因，因為這就正好代表你沒進入去那個世界，你的潛意識一直告訴自己在演戲，你不是在伏著看你的監視對象，只是在看著攝影機鏡頭角落的一點。你記得嗎？劇組內有個第一次演戲的男生。有一場戲，他要向主角說下班後到尖沙咀諾士佛台喝酒慶祝。可是他每次也說了要去蘭桂坊，我問他為什麼你老是說錯，他說我有說錯嗎，我說有，你說錯了去蘭桂坊，而不是說諾士佛台。他說是嗎？我沒有留意，對不起，導演。我們再來一次。跟著他又再說一遍蘭桂坊，我被他氣得瘋了。後來跟他聊天，他說原來自己每天下班，都和同事到蘭桂坊喝酒，因此他在演戲的時候，他根本沒留意自己說什麼，他並不是在飾演另一角色，而是完全投入進去。把對白變成自己生活的一部分，因此他甚至連自己說錯了也不知道。因為他的潛意識總認為，下班喝酒當然是在公司附近的蘭桂坊，幹嘛要長途跋涉跑去尖沙咀？

他是否一個好演員？說實不是。但他是個能夠不怕鏡頭，把生活帶進鏡頭前的演出者。這樣他踏出了成為演員的第一步。當然只有這步並不足夠，可是完全的抽離，我不認為是初學者的態度。初演戲的人，總是會戰戰兢兢，害怕在鏡頭前做錯挨罵。問題是，嚴格來說，世間上沒有什麼是對和錯。我們每個人也懂得走路，為什麼在鏡頭前就總是不自然。因為你總是要記住每步位置，每個轉身，把地上的轉彎位及 T mark 都記住，於是乎你為了到達那一點，用思想帶動四肢去活動，四肢變得突然有意識起來。我們平常走路時，四肢都是以無意識的動作帶動身子前進，於是就顯得不自然。一旦我們在鏡頭前走路，四肢就變得僵硬，那正如我們為什麼放部攝錄機在五樓拍下尖沙咀地鐵站人群進出是多麼的自然。要是當中途人不是真的，而全都是由臨時演員演出的話，畫面就變得突兀。即使平常如聊天和說話，那就變得奇奇怪怪，就像在《Matrix》（編按：台譯《駭客任務》）裡面的世界一樣。

問題是，你太想把在鏡頭前的每個動作也記住，於是你把簡單如拿杯子的動作，轉化成為四個關節，八組肌肉活動的動作，到頭來那就變成了機械化的模式，彷彿就像收到指示在公仔箱內箍公仔的膠箍，或太空穿梭機修理太空站的機械臂一樣，每個活動都需要指示，完成一個活動後，才可做另一個關節的轉動。結果事情做到了，卻不自然。

其實一個人能否把現實生活帶入電影中，視乎他個人的經歷。電影中的感情，要是一個人平常經歷夠多的話，他就能體會。平時遇上的時候，把那感情記住，就能把移植到電影裡面。所以我贊成新演員要多跟人溝通，接觸不同類型的事物。現在的新人多幸福，什麼都不用自己做，身邊經常有助手褓姆，這固然令新人得到保護，與此同時，新人卻無法接觸現實生活的朋友。每人也將他當為銀河系中的太陽，圍著他團團轉，他反而沒法感覺到真正的人際關係，這樣正正妨礙新人演戲進步的一個原因。有機會的話，多跑到外面，接觸一下不同階層的人，看看每人說話和處事的模式，然後心中默默記下它，總有一天，你會用得著。

但願往後一直見到你的進步。

導演

給天宮真奈美的信

Amamiya：

我知道這個不是你的真實名字，而是你在行業裡所用的藝名，但我認識了你這麼久，還沒有知道你的真實名字，所以還是用藝名來稱呼你，希望你別介意。

從網上新聞讀到，日本 S1 公司宣佈，你將在今年七月正式引退，並發表引退作品。心情突然複雜起來，因此很想寫封信給你，本來我該直接電郵給你，但畢竟用英文吃力，又怕執筆忘字，寫來沒有中文那麼暢快，所以還是在這裡寫給你。要是平日看我電影又懂中文的日本觀眾看到，希望他們會把這信翻譯成日文，然後放到你的網誌上。

對不起，這是我的壞習慣，有時候我寫信或電郵給別人，總是喃喃自語、囉囉唆唆，彷彿像自己對鏡子跟自己說話一樣。

記得那晚你再度來港宣傳，我們去了卡拉OK，你問我為什麼會選上你，那時候我跟你說，因為你外形討好，樣子清純。對不起，那時我其實沒有說出實話。一開始的時候，我想我跟其他香港年青「仆街仔」（這個詞語可能你不太明白，但簡單點說，就是一些一事無成又有點好色的香港男生，這種人在香港年青一群中，佔的比例不少）一樣，以AV女星作為夢中情人，甚至轉化為自慰對象。

那時候我最大的志願，就是將來能夠認識一個真正的AV女星，我一直想要拍一個跟日本AV有關題材的電影，好讓我可以找AV女星去演出我的電影，所以我在寫我的第一部電影《買兇拍人》劇本時，我就加進了一個AV女星的角色——對了，你說過回到日本後，會想找我的電影來看，不知道最後你有沒有找到？

那時我真的跟幾個AV女星面試，可是那時候電影的投資公司是嘉禾公司，大公司比較著重規矩，在香港拍攝時，要替她們申請香港工作簽證，那時候我的電影快要開拍，只剩下一、兩個星期，並不夠時間去申請簽證，所以最後只得找了另一位居港的日籍女演員樋口明日嘉小姐。

對此我一直耿耿於懷，所以後來我寫了《AV》的故事，決定要跟日本 AV 女星拍一個正正式式的電影。那天我走進灣仔 298 電腦商場的一間日本 AV 影視店，在架上云云眾多的影碟中，我找到了你。我將你的影碟買下來，拿給我的製片，著他去找你，製片說未必一定能夠找到，問我有否其他的選擇。我告訴他，要是找不到這個女生，這個電影就不用拍。我不知道是因為破釜沉舟的決心，加速製片找尋你的動力，還是純粹的好運，在沒有別的後備人選的情況下，我們終於聯絡到你的公司 H.M.P。

說實話，當時連我也認為，我找你的原因，是因為你的外表夠清純，像個鄰家小女孩。可是我一個中學同學，他在看完這個電影的試片後，告訴我：「導演，我明白你為什麼找天宮來演這個電影了。」

我問：「為什麼？」

他說：「因為天宮真奈美很像你唸初中時，在班上喜歡的一個女生。」

當時我自己也覺得無稽，可是過了兩天，他把當年同學影的集體照片拿來給我看，這時我才驚覺發現，一個在初中時，我曾經暗戀過的女生，竟和你的樣子十分相似。

這時我才發現，原來我們生命中的許多回憶，都是從經歷中慢慢留下來，那種記憶烙焊在血液當中，無聲無息至你根本沒有發覺。在他拿出照片前，我根本沒有想過，找你是因為你像那個女生，可是他拿出照片後，我才發現到，原來我一直被我的成長片段，影響著我許多的決定。

和你相處確實蠻開心，不好意思，明知你怕鬼，還硬是要拉你去看恐怖片。在東京，你帶我去吃那家串燒，很地道很好吃，後來我再到東京，也想再找來吃，但是由於上次我們走時沒拿名片，所以沒有地址，也想不起去的路途，最後都沒找到。

記得你曾在電郵問我，拍完《AV》之後我拍了什麼？我告訴你我拍了一部電影，叫《伊莎貝拉》。你笑我說我拍得慢，因為那年我只拍了一部電影，而你已經拍了六部。我跟你解釋，這就是演員和導演的不同，演員走進片場，按著劇本就可以拍攝；導演由開始寫劇本，跟著找景籌備，正式拍攝完後，又要做後期，那麼花時間，所以我一年只能拍一部。

後來收到你寄來簽了名的 DVD，如你吩咐，我將之分了給 Lawrence 和 Derek，但說真的，我開始很少看你的電影，不知道為什麼，也許是因為跟你認識後，覺得不太再想看你演出的 AV。不知為何，心裡感覺這總像在欺負朋友一樣。記得有一次，我有一個在日本的朋友來香港找我吃飯，席間他突然提起你，他說你最近胖了，我不知道為什麼，忽然間有點不開心，因為我認為，他不應該對我認識的人這樣評頭品足。

我沒有看你的新片，無法引證他是否說得準確，已經很久沒跟你發電郵，最近在網上看到你宣佈引退的消息，我不知道這是否你個人意願，但無論怎樣，我仍希望你得到你應該得到的快樂。

我們的人生，如浮萍般相遇，既偶然，亦難得，沒有比活得開心來得重要，不管你將來的計劃是什麼，我仍衷心的祝福你，也希望有再次遇上的一天。

祝一切順利、生活愉快

彭浩翔

給莫少聰的道歉信

大眼仔你好：

請容我如此稱呼你，因為你告訴我，這是朋友對你的暱稱。在此我想先跟你說聲對不起，大概你還不知道我有什麼對你不起。記得那次匆匆碰面，你給了我聯絡電話，可是當我輸入時，卻打不到個莫字，於是你說不如入「大眼仔」，因大字較簡單，只需按 1、3、4 便成，但亦因大字筆劃少，於是你成了我手提電話通訊錄上的首個號碼。我不懂為手提電話上鎖，結果在把手提電話放進褲袋時，經常碰到鍵盤致電了你。

許多時是事後看到通話記錄才發現，這樣的事每一、兩星期便發生。那天見面太匆忙，沒留下電話號碼給你，所以大概你看到號碼，也不知道是誰。只是你看到不時有個你不認識的電話號碼致電你，卻一直沒說話，其實那可能是我。

但想起來，其實不一定都是我。由於你暱稱關係，因此大概你常排在人家手提電話電話簿的首位，我想打錯給你的人也蠻多吧。但不管怎樣，趁這長假，讓我在這裡真誠向你道歉。一直浪費你手提電話的通話時間，希望你的月費計劃沒有超額吧。

P.S. 那次來不及告訴你，好喜歡你在《龍鳳茶樓》的演出。

Dear Pauline

Pauline 你好：

你不認識我。我想我們應該沒見過吧。但一定程度上，我跟你有著某種聯繫，大概你不會知道。

最近收到朋友送來一本他的著作，上面有著他的簽名和上款，上款是 Dear Pang Ho Cheung。後來留心細看，發現在細字 marker 筆跡下，卻有著原子筆痕。初時以為大概是他怕字體不漂亮，於是用筆起草稿，可是後來發現除了 Dear 和 Pang 的 P 字是重疊外，後面隱隱約約就看到你的名字。同樣在下款簽名時，日期原是 2002 年，今天卻蓋上了 2007。

於是引起我一陣好奇，為什麼這本寫了上款和簽名的書，沒有送到你手？而輾轉落到我那兒，是因為你跟作者失去聯絡？還是書還沒到你手，你們緣分已盡？或是你已離開了塵世？最後此書就成為了一本該屬於你，但最後沒到你手的失物。得到這書，彷彿佔據了你生命的某個部分。內心好像有點內疚。不管怎樣，還是想告訴你，書本身不錯。

朋友以舊書贈新知，說實話我也不太介意，反正一本寫上名字但沒人要的書，彷彿一碟弄好但沒人享用的餸菜，我不介意侍應把原屬另一客人的飯菜給我，反正菜被吃，書被讀，才有意思。

給 Nicole 的信

親愛的 Nicole：

明天就是你生日，其實多年來，我一直想寫點東西給你，但不知你會不會讀中文，而我英文寫得不夠好。不過沒所謂，現在網上翻譯很方便，隨便按個鍵，都能把翻出七八成意思，因此我還是以寫中文會比較方便。

雖然我並不經常出現在你身邊，但不代表我不關心你們兩姐弟。大概兩年前，我弟弟 Eric 結婚時，找了我的攝影師朋友 Sunny Lau，跟他們夫婦二人一起去了美國拍攝婚紗照，因為他們選定在內華達州的關係，自然地，我哥——即是你爸，就作東道主，負責駕車接送，期間也帶上你弟弟 Brandon。

後來 Sunny 告訴我，路上你爸和你小叔夫婦，一直跟 Sunny 聊著我的電影，可是這卻讓 Brandon 困惑起來，因為他們所說的內容和電影，你爸都沒有給 Brandon 看過（我相信，你也未看過，對嗎？）。Brandon 一路追問，說想看二叔的電影，可是你爸總支吾以對，說現在不可以；Brandon 追問那什麼時候可以，你爸說要等到二十歲。

之後我想了很久，Brandon 得再過多十四年後，才能知道二叔是個怎樣的人，只恐怕那時候，我的電影對他來說，已像看黑白默片一樣脫節。這讓我有點無奈，也讓我有更多的思考，到底我應該在你們生命中，扮演個怎樣的角色呢？大概我人比較自私，不像你爸能負起照顧小孩的責任，因此我選擇自己不要孩子，但這不代表我討厭小孩，好吧，就是不夠喜歡啦，但放心，我還是喜歡你們的。

可以每年為你們選生日禮物，我都會感到懊惱。因為回想自己成長過程，人家送過我生日禮物，不知什麼時候就會消失得無影無蹤，我現在甚至一點都不記起我十歲那年，人家到底送過什麼給我，到頭來在我生命中，只記得一兩件小禮物，但都在搬家時遺失了。所以我覺得在你們這樣的年紀，對任何東西的注意力，都可能集中不了幾星期，因此我想給你們送上更重要的東西。

自從 Brandon 那次嚷著要看我的電影後，我思考良久，決定找來一個熟悉做皮革的朋友，給你們姐弟二人做了兩個皮袋，上面刻有你們各自的名字。就是那種卡通片或童話故事書裡經常會看到，用皮帶索緊的皮袋。對，《藍精靈》（編按：台譯《藍色小精靈》）裡壞人卡達，經常也拿著那盛金幣的袋子。我在你和 Brandon 每年的生日，按照當時金價，給你們買枚一盎司的金幣，然後請你爸把金幣放到你的皮袋裡。

這一刻，你可能會認為它們不夠有趣，既不及遙控車威風，也不像芭比娃娃悅目。但我希望能為你們送上一件更具意義的東西，就是一個夢想。這些金幣會一年一年地累積下去，它們都是屬於你們的。我想起小時候，每年在親戚間收到的利是錢，總會被父母拿去，他們說先替我保管著，或存到銀行去，留待將來給我使用，這讓我一直憧憬著將來要怎樣使用這筆錢，可是到最後，它們總是永不會出現。

因此我不相信銀行存摺，我還是認為金幣更實體，我跟你爸商量好，這些金幣會就直接交給你們姐弟各自保管（當然，別把皮袋纏在腰間去上學啦），你爸也答應不會侵吞這些金幣，我想，他應該會說到做到的。當你到二十歲時，你會得到這樣的一袋金幣，還先附上一張照片，那是我為你們拍的一張概念圖，因為目前手上沒金幣，所以我只得到超市買來巧克力金幣去代替（說起來，不是農曆新年的話，在香港要找巧克力金幣確實不容易的事）。你有權完全自由地運用這些金幣，去幹任何你想做的事，注意，是任何。我已跟你爸商討過，他同意完全不干預你們姐弟的決定。

所以，只要金價沒有暴跌的話，你們二十歲時，它可算是一筆小財，你們可選擇去世界各地流浪、辦一個盛大生日派對、買輛車、付房子首期、投資科技股、在同學間放高利貸，去MGM賭場百家樂枱上押一注、離家出走或付錢替女友墮胎之類（你爸叫我別跟你們提最後兩個選擇，但我還是覺得沒所謂，因為這是自由意志，你要知道有各樣的可能，可能不代表你一定要去做，但這樣才能保證你有更完整獨立思考）。

所以，在你二十歲之前，你仍有很長時間去應該幹什麼。我跟你爸談了好幾次電話，叫他放棄跟你們討論應如何去運用這筆錢，因為我認為在你們思考和幻想過程中，能想出有趣的東西，父母都不應該去引導或阻止。但你爸擔心萬一你們幹出蠢事或錯誤怎麼辦？我說要是你們想出了一個蠢點子，然後把所有錢都花進去，那就讓他蠢吧，人生總會做蠢事的，早點做，早點痛，比較好。

我希望想送給你倆的，不是什麼實體的禮物，而是一個夢想，你們在二十歲，要決定怎樣使用這些金幣時，千萬別來問我意見。當然，在你們幹完後，二叔還是有興趣想知道，你們花了長時間想出了什麼的一個方向，因為關係到你們的人生，我還是很有興趣的。

好了，從現在開始，每晚臨睡前花上五分鐘想一下吧。

十二歲生日快樂！

二叔　彭浩翔

二零一三年六月一日

給我可能已經存在或未來要出現的孩子的信

親愛的孩子：

你爸我為人比較保險，因此每次有人問到我有否孩子的時候，我總是有個標準答案：在我所知裡，沒有。因此，你可能存在著世界上的某一個角落，而是我不清楚，畢竟像電影《伊莎貝拉》這樣的劇情，是隨時有可能會出現的。

鑑於你爸年輕時的戀愛史，因此我相信，要是你真的存在這世界上的話，除非你媽故意不教你，否則你大概也能懂中文，所以我決定以中文來寫這封信（其實，這也是我唯一比較寫得順暢的語言喲）。當然，要是你還未來到這世界的話，這封信也可能是寫給未來要出生的你。

寫這封信的動機，是源於今天在網上看到一宗新聞報導，很想把感覺寫下來給你，因為這也許有助我們將來的相處（如果有機會的話）。

二零一一年五月四日，廣州的廣東實驗中學初中部校長鄭熾欽，安排學生集體在操場上向父母下跪和接收家書。這報導讓我思考了良久。

首先，我必須要你原諒，因為要是有天兒子你出現了，又碰巧就讀這所學校，而你也真的跟著其他同學一起下跪時，作為老爸的我，就只好用盡我吃奶之力，狠狠地在你臉上大抽一巴掌了。大概你會滿天星斗好一段時間，臉也可能腫上一星期，但我認為在你人生中，這也是值得的。因為這巴掌是為了提醒你，怎麼可以沒獨立思考，人云亦云地做出如此傻逼的行為呢？

下跪就是為了表現孝道嗎？我明白雖然形式可以是內容呈現的一種，但過分地形式化，就會成了迂腐的符號。當然，讓你就讀這樣學校，接受校長這樣傻逼的做法，把你推向這樣的一個傻逼環境，薰陶成傻逼，我個人也要負擔部分責任，因此回家後我會自抽兩巴，畢竟作為你的父親，責任自然比你大。

不過可能你會跟我說：我不是人云亦云，這個是經過我的獨立思考後的決定，認為下跪也是表現孝義的一種，因此這是以我獨立思考的方法去決定下來，老爸你會錯了我的意，這巴掌我可是挨得無辜啊。不過要是你提出這樣的反駁，這巴掌你仍然得嘗，因為前面我還可以一廂情願去相信，你是被誤導成了傻逼，但要是你經過獨立思考，也接受這樣的形式，認為在操場集體下跪就是表現孝道的一種，那你就是笨，所以這巴掌你也逃不過。

當然，可能你聰明到一個程度，會向我反駁說：生活在這樣的一個神奇國度裡，下跪是必然的事，與其長大後才去學習，像有些人來到單位工作，卻不懂向領導敬酒和說些奉承話一樣，那會很吃虧，倒不如早點學習。要是你持這想法，對不起，你更要挨上這巴掌。而你嘗試要求我解釋的話，那只會換來另一巴掌了。或者你會聰明到要向什麼政府部門投訴我虐兒，沒錯，社會不鼓勵體罰，但目前天朝的問題多如繁星，難道你認為會有人管得著這個嗎？所以我看，這條路你還是省著吧。當然，道理可以坐下來靜心地去說，但對於這種奴性，對不起，我要很吊詭地用另一種更權威更荒謬的方法來震撼你的身心，才能讓你體會原來的荒謬。

當然，你要去拒絕校方這個傻逼的下跪要求，可能得面對一點壓力，但我認為這才是你人生中最重要的一課，因為正好可以讓你想一下，當世界向你提出最愚笨的事情時，即使每個人也在做，你仍要有敢說不的勇氣。我們不用標奇立異，但同時亦要小心人云亦云，不要害怕特立獨行，要有隨時特立獨行的準備，別怕去堅持經過自己細心思考認為對的事情，值得堅持的，就堅持下來，那怕跟身邊旁人道不認同，雖千萬人而吾往矣。

雖然面對校方壓力的時候，有可能會因此要挨上訓導主任的一巴掌。但孩子，請相信我，要是挨得過這巴掌，你生命就能昇華到另一階段，這次肉體的痛楚會提醒你，你已經是成人了。

不過這些鼓勵的，都是虛話，我可以先向你保證，當你回到家時，已有個 64GB 的 iPad2 在等你了。你爸就是這樣提倡自由思想、獨立思考方向的同時，又會以體罰和物質這類傳統舊派方式去說教，這樣夠諷刺了吧？

希望這封信能讓你在面對抉擇時，稍微增加你堅持自己見解的勇氣吧。

可能是你的父親

凱特文化 讀者回函

敬愛的讀者您好：

感謝您購買本書，即日起至 2015.2.28 日止寄回讀者回函即有機會獲得：經典雪芙蘭燕麥潤澤乳液（燕麥蛋白＋玻尿酸精華。老字號的品牌，40 年的堅持。全天候滋潤，深度修護乾裂，高效滋養，持久潤澤／ 300ml，市價 159 元，5 名）

雪芙蘭

您所購買的書名：**有關我在裝做正常人方面的嘗試**

姓　　名＿＿＿＿＿＿＿＿＿＿　性別　男☐　女☐

出生日期＿＿年＿＿月＿＿日　年齡＿＿＿＿＿＿

電　　話＿＿＿＿＿＿＿＿＿＿＿＿＿＿＿＿＿＿＿

地　　址＿＿＿＿＿＿＿＿＿＿＿＿＿＿＿＿＿＿＿

E-mail＿＿＿＿＿＿＿＿＿＿＿＿＿＿＿＿＿＿＿

＿＿ 學歷：1. 高中及高中以下　2.專科與大學　3.研究所以上

＿＿ 職業：1.學生　2.軍警公教　3.商　4.服務業　5.資訊業　6.傳播業　7.自由業　8.其他

＿＿ 您從何處獲知本書：1.書店　2.報紙廣告　3.電視廣告　4.雜誌廣告　5.新聞報導　6.親友介紹　7.公車廣告　8.廣播節目　9.書訊　10.廣告回函　11.其他

＿＿ 您從何處購買本書：1.金石堂　2.誠品　3.博客來　4.其他

＿＿ 閱讀興趣：1.財經企管　2.心理勵志　3.教育學習　4.社會人文　5.自然科學　6.文學　7.音樂藝術　8.傳記　9.養身保健　10.學術評論　11.文化研究　12.小說　13.漫畫

請寫下你對本書的建議：

＿＿＿＿＿＿＿＿＿＿＿＿＿＿＿＿＿＿＿＿＿＿＿＿

＿＿＿＿＿＿＿＿＿＿＿＿＿＿＿＿＿＿＿＿＿＿＿＿

＿＿＿＿＿＿＿＿＿＿＿＿＿＿＿＿＿＿＿＿＿＿＿＿

＿＿＿＿＿＿＿＿＿＿＿＿＿＿＿＿＿＿＿＿＿＿＿＿

廣	告	回	信
板	橋郵局登記		証
板	橋廣字第836		號
免	貼	郵	票

to 新北市 23660 土城區明德路二段 149 號 2 樓

凱特文化創意股份有限公司　收

姓名：

地址：

電話：

凱特文化 愛文學良品11

有關我在裝作正常人方面的嘗試

作　　者｜彭浩翔
發 行 人｜陳韋竹
總 編 輯｜嚴玉鳳
主　　編｜董秉哲
責任編輯｜董秉哲
封面設計｜小子
版面構成｜小子
行銷企畫｜陳泊村、胡晏綺
製作協助｜正在電影製作有限公司
印刷｜通南彩色印刷事業有限公司
法律顧問｜志律法律事務所・吳志勇律師

出　　版｜凱特文化創意股份有限公司
地　　址｜新北市236土城區明德路二段149號2樓
電　　話｜(02)2263-3878
傳　　真｜(02)2236-3845
劃撥帳號｜50026207凱特文化創意股份有限公司
讀者信箱｜katebook2007@gmail.com
凱特文化部落格｜blog.pixnet.net/katebook
經　　銷｜聯合發行股份有限公司
負 責 人｜陳日陞
地　　址｜新北市231新店區寶橋路235巷6弄6號2樓
電　　話｜(02)2917-8022
傳　　真｜(02)2915-6275
初　　版｜2015年1月｜ISBN　978-986-5882-87-7
定　　價｜新台幣320元

本書經彭浩翔授權出版

國家圖書館出版品預行編目資料：有關我在裝作正常人方面的嘗試／彭浩翔
──初版. ──新北市：凱特文化，2015.01　288面；13.5 × 21公分.
（文學良品：11）ISBN 978-986-5882-87-7（平裝）855　103025776